SEVILLA

NINA JÄCKLE
SEVILLA

Roman

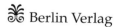 Berlin Verlag

© 2010 BV Berlin Verlag GmbH
Alle Rechte vorbehalten
Umschlaggestaltung: Nina Rothfos und Patrick Gabler, Hamburg
Typografie: Birgit Thiel, Berlin
Gesetzt aus der Palatino durch Greiner & Reichel, Köln
Druck und Bindung: Druckerei Pustet, Regensburg
Printed in Germany 2010
ISBN 978-3-8270-0897-8

www.berlinverlage.de

me borro, me pinto

Für Schröder

Ich gehe durch die Gassen, ich sehe Menschenleben rundum, ich sehe Wäsche von Haus zu Haus gespannt, bunt bestückte Endlosschleifen, Familienwimpel im Wind. Und welche wohl sind die Sätze, die uns bleiben werden, hier, ihm bleiben werden, und mir?

Ich denke an die Menschen, die ich zurückließ hinter der Schnittkante. Ich suche nach Sätzen hinter der Schnittkante.

Seit Tagen spreche ich immer wieder mit ihm. Wir sitzen mir beide im Kopf, wir unterhalten uns dort, im Stillen, dort, wo man kein Wort wiederholen muss, dort sitzen wir, und wir sprechen leise. Ich sage ihm zehn Wörter, und er sagt mir zehn Wörter in Gedanken, und diese Wörter werden zu Richtbaumsätzen, zu kleinen Lügen für Herz und überlebbare Befindlichkeit. Es sind mir selbst verordnete, regelmäßig wiederholte Verben und Füllwörter, jede Menge Füllwörter, auf dass nur nichts ins Nachdenkliche, auf dass nur nichts ins Schweigen gerät.

Es war ein grober Schnitt, von gestern auf jetzt den Ort zu wechseln, unter anderem Licht sich auszubreiten, sich allein einzufinden in fremder Sprache. Da geht man als Fremder zum Fenster, und der Blick ist nicht vertraut, die Stimmen im Innenhof sind noch keinen Gesichtern zuzuordnen, man weiß nicht, wer nebenan Radio hört.

Ein grober Schnitt also, und die provozierte Verunsicherung, dieses Gastsein im eigenen Leben, hielt Einzug in fremd möblierten, kalkweißen Quadratmetern.

Er wird nachkommen.

Er wird hinter die Schnittkante treten, an meine Seite wird er kommen, das versprach er eines Abends.
Warte nicht, sagte er, aber sei gewiss.

Er wird kommen, sage ich. Hier versteht man meine Worte nicht, hier spricht man in einem anderen Rhythmus. Er wird kommen, das sage ich, und man sieht mich an, man lächelt, ich bin hier die Ausländerin, die Deutsche, der man zunickt, höflich, sobald sie etwas sagt.

Er wird kommen. Er sagte es, und er hatte mich angesehen, während er es sagte, geh nur, warte nicht, aber sei gewiss.
Auch er hat keine andere Wahl, auch er wird das Land verlassen müssen, alles zurücklassen müssen, auch er wird Jahre in Kisten verpacken und diese dann unterstellen bei verbliebenen, bei zurückbleibenden Freunden.

Oft sah ich ihn seine wohlbedachten Schritte tun. Ich sah seine Drehungen, sah, wie er sich abwendet im richtigen Moment, wie er die Räume einnimmt, ohne gesehen zu werden, wie er sich einfügt, lächelnd, in all seinen unauffälligen Bewegungen zwischen der gesicherten Ware und dem Aufsichtspersonal. Oft sah ich ihn die Unverdächtigkeit inszenieren, ich sah ihn in seinem Mantel die Gänge entlanggehen, hochgewachsen und flink zwischen den Regalen sah ich ihn, calle lateral, flink mit der Hand am Messer, flink mit dem Messer.

Als ich zum ersten Mal sah, wie er das Messer aus der Manteltasche nahm, wie er den Magnetstreifen von einer Kiste entfernte, wie er die Kiste anhob und langsam aus dem Laden ging, als würde er in aller Ruhe sein rechtmäßiges Eigentum nach Hause bringen, da wollte ich seine Stimme hören, ich wollte seinen Namen sagen, wollte ihm den meinen nennen, ich wollte wissen, wohin er die Kiste bringt, worüber er lacht, worüber er nachdenkt, wofür er mich lieben wird, el mejor día, ich folgte ihm.

Ich sehe Sevillas Gassen auf der Karte vor mir liegen. Ich habe keine Vorstellung von dem Leben, das ich hier führen werde, ich habe keine Vorstellung von mir in den Straßen, auf den Plätzen oder in den Cafés der Stadt. Neun Jahre und dreihundertneunundvierzig Tage sind nun zuzubringen, erst dann ist alles verjährt, denke ich, und ich gehe durch die Gassenwelt, ich suche Ausgangspunkte, ich finde sie nicht.

Ich bin die Deutsche, die immer zur selben Stunde über den Platz geht, die immer an derselben Stelle des Platzes innehält, nach mir werden sie bald die Uhren stellen, auf mein Kommen ist Verlass. Um siebzehn Uhr überquere ich den Platz, ich halte inne, jeden Tag hier, an dieser Stelle, immer wieder. Hier sehe ich die Kinder mit ihren gleich gekleideten Geschwistern spielen, ich höre die Mütter nach ihnen rufen. Die Großväter sitzen stumm auf den Bänken, el pasado, sie schütteln den Kopf, vermutlich über die Zeit, die verging, über die Zeit, die jetzt ist, die Großmütter schimpfen, vermutlich über die Nachbarn, über die Preise, über die jungen Mädchen. Die Hunde jagen einander, oder sie liegen den Großvätern zu Füßen. Andere Hunde gehen auf kurzen Beinen und an langen Leinen, gebürstet und gestutzt, den ebenso gepflegten Damen voran.

Ich warte, noch hat nichts begonnen, noch ist alles offen. Die nicht vergangene Zeit zähle ich in Tagen an, bis zu dem Moment in weiter Ferne zähle ich, in dem ich es ausrufen werde. Jetzt, heute, werde ich rufen, und sie werden nicken, sie werden lächeln zu jedem meiner Worte, ich werde die Worte in ihrer Sprache rufen können, sie werden sich mit mir freuen, jetzt, werden auch sie rufen, und vielleicht werde ich dann bleiben, werden wir dann bleiben, freiwillig, nach all den Jahren.

Ich bin noch nicht angekommen an diesem Ort. Ich gehe die Gassen ab, ich zähle die Stufen zum Dachboden hinauf, ich stelle die Möbel um, als wären sie meine Entscheidung für die Räume gewesen, als wären sie nicht schon hier gewesen, lange bevor ich die Wohnung betrat.

Sei gewiss, sagte er damals, sei gewiss.
Ich weiß nicht, wie man sich Gewissheit zur Verfügung stellt, nicht in diesem Moment, nicht hier, und ich werde auch zum zwanzigsten und zum dreißigsten Mal an den Platz kommen, ich werde immer wieder den Leben der anderen zusehen und versuchen, meine Position ausfindig zu machen, ein Bild vom Ganzen einzufangen, das auch mich selbst beinhaltet, mich, in dieser fremden Stadt.

Ich werde mir Wörter einprägen, indem ich sie mir wieder und wieder buchstabiere, ich werde mir diese fremde Sprache langsam in den Kopf hineinbuchstabieren, das Einzughalten in ganzen Sätzen wird meine Verwandlung sein. Doch noch ist es nicht losgegangen, noch warte ich, noch richtet niemand das Wort an mich.

Versuche nicht, mich anzurufen, versuche nicht, mich zu finden, sagte er. Dies war keine Bitte, es war ein Plan, unser Plan.

Er wird kommen, er wird plötzlich auf der Treppe im Hausflur sitzen oder an der Hauswand lehnen, er wird mitten in der Nacht zweimal an die Tür klopfen, brusco.

Noch ist das Warten eine Selbstverständlichkeit innerhalb unserer Begegnung. Noch ist das Warten Teil unseres gemeinsamen Plans. Das Warten ist eine geringe Leistung angesichts der Anstrengungen, die er in diesem Moment auf sich nehmen muss, bis auch er dann hier ist, bis auch er alles hinter sich gelassen und alle Spuren verwischt hat.

Er wird kommen, er wird plötzlich über den Platz gehen, in einem der Cafés sitzen, oder er wird mir auflauern, unten vor dem Haus. Er wird fünf Schritte hinter mir bleiben, in meinem Tempo fünf Schritte hinter mir die Straße entlanggehen, er wird lächeln bei meinem Anblick, er wird lächeln bei der Erinnerung an meine Augen, an meinen Mund, er wird meinen Namen rufen, después.

Ich weiß nicht, wie man sich Gewissheit zur Verfügung stellt, nicht hier, nicht in diesem Moment. Dennoch werde ich mich nicht wundern, seine Stimme hinter mir zu hören, ich werde mich auf seinen Ruf hin nach ihm umdrehen, ich werde sehen, wie er auf mich zukommt, wie er die fünf Schritte zwischen uns aufholt, ich habe es gewusst, werde ich dann denken, als habe es niemals auch nur einen Zweifel gegeben.

Ich bin leise, ich höre nur mich selbst atmen in dem dunklen Zimmer, in dem Bett. Ich bin leise, niemand soll hören, dass nur ich in diesem Zimmer atme, dass es nur meinen Körper gibt in diesem Bett.

Ich gehe durch die Gassen, unentwegt gehe ich. Warten, das ist es, was wir ein Leben lang tun. Wir warten, denn wir kennen den Ausgang, wir kennen unser zwangsläufiges Scheitern, wir zählen uns immer wieder an zehn Fingern ab, wie es wohl zu Ende gehen mag, nur das Wann kauert im Verborgenen, das Wann ist uns der Teufel, und so warten wir, egal was wir tun, ein Leben lang.

Ich gehe durch die Gassen, unentwegt gehe ich.

Morgens ist das Alleinsein nicht auffällig. Morgens gehen sie alle allein, jeder trägt geschäftig nur die eigene Richtung im Kopf. Sie haben den angebrochenen Tag still in Planung, während sie zielstrebig gehen, oder sie haben die Bilder des vergangenen Tages noch in Reserve.

Morgens fragt sich niemand, weshalb ich allein durch die Gassen gehe, sie bemerken nicht, dass ich keine Richtung im Kopf, dass ich nicht ein einziges Bild von gestern oder von vorgestern in Reserve habe. Mittags stehen sie dann in Gruppen an den hochbeinigen Tischen, abends, a cuatro ojos, sitzen sie zu zweit, Hand in Hand, morgens jedoch falle ich nicht auf.

Der Nachbar trägt ein weißes Hemd, sein Haar ist in Unordnung geraten, als habe er an einem Tisch gesessen, den Kopf in den Händen, als habe er sich das Haar gerauft. Auf diese Weise scheint der Nachbar in stille Unordnung, in diese Zerzaustheit geraten zu sein, und er lächelt, susurrar, er sagt etwas, sehr leise, ich verstehe ihn nicht.

Niemand sonst trägt weiße Hemden hier, sage ich. Der Nachbar schüttelt den Kopf, er lacht, er versteht mich nicht.

Der Atlantik ist nicht weit entfernt. In diesem Wissen gehe ich durch die schmalen Straßen, ich gehe an der Stadtmauer entlang, bis zum Atlantik ist es nicht weit, denke ich, und dieser Gedanke macht die Straßen noch schmaler, macht die Menschen hier noch unerträglicher, die Luft noch schwerer.

Ich weiß nicht, ob ich diesen Ort für die Dauer eines Ausflugs verlassen sollte, denn ich warte. Jede Sekunde könnte er hier sein, jede Sekunde könnte er in der Tür stehen, aus einem Auto steigen, an einem Bartresen stehen, auf einer Bank sitzen.

Heute ist niemand auf dem Platz. Ich bleibe stehen, ich halte inne, wie an jedem Tag um diese Uhrzeit, niemand ist hier, kein Kind, kein Hund, kein Losverkäufer. Ich setze mich auf die Bank, die stets besetzt ist um diese Zeit, ich warte darauf, dass etwas geschieht, ich warte auf Rufe, auf Motorenlärm, auf Bellen.

Warten im Warten, denke ich, und ich lache darüber. Wie stellt man sich Gewissheit zur Verfügung, wie umschifft man, was man lernte über das Menschsein, wie glaubt man einem Versprechen mit der klaren Ahnung von Betrug, wie vergisst man die Vorurteile, die man im Hinterkopf trägt wie Fußnoten zum Text?

Der Nachbar setzt sich neben mich, er sagt etwas, niemand trägt weiße Hemden hier, sage ich, wir sehen uns an. Der Nachbar ist schön, das würde ich gern erzählen.

Rufe niemanden an, hatte er gesagt, niemanden, hatte ich wiederholt.

Wie lange man wohl und wie man wohl in Erinnerung bleibt? Wie lange es wohl dauert, bis man an Kontur verliert in den Köpfen der anderen, die man zurückließ, wie lange es wohl dauert, bis die anderen an Kontur verlieren im eigenen Kopf.

Arvid, Marion, Julia, Heiner, Liane, Werner, Katja, Max, Renata, Constantin, Axel, Selma, sage ich, und ich versuche, diesen mir vertrauten Namen ihre Gesichter zu geben, ihre Stimmen, ihre Sätze. Der Nachbar lacht, José, sagt er, und er gibt mir seine Hand.

Rufe niemanden an, das hatte er damals gesagt, bevor ich das Land verließ, niemanden, wiederhole ich, der Nachbar versteht nicht, er steht auf, er geht langsam davon, er ist schön, das würde ich gern erzählen, a ninguno.

Die Tage reihen sich aneinander, die Stadt wird mir vertrauter, ich gehe dieselben Wege wieder und wieder, gegen das Fremdsein wiederhole ich sie, wie ich die zu lernenden Worte wiederhole. Ich schaffe mir Gewohnheiten an, die Zeitung kaufe ich immer am selben Kiosk, das Brot immer in derselben Bäckerei, ich kaufe immer das gleiche Brot. Und nachmittags gehe ich zum Platz, ich, nach der sie bald die Uhren stellen werden, ich, der die Erinnerungen ausgehen, an diesem unbesetzten Ort.

Die Müdigkeit ist erstaunlich, ich erinnere mich nicht daran, jemals auf diese Weise müde gewesen zu sein. Die Erholung wird bald einsetzen, der Körper gibt die Erschöpfung frei, der Hunger ist enorm, ich bin erstaunt, dieses Schweigen hier, dieses Verschwundensein macht hungrig und müde, hungrig auf die große Portion und wortlos müde.

Der Nachbar weiß, dass ich ihn schön finde, noch fehlen uns die Worte, um daraus etwas werden zu lassen, noch beobachten wir uns gegenseitig, wie wir die Kreise enger ziehen, wir studieren die Zeiten des anderen, die Gewohnheiten, el mariposeo, auch er ist nun oft auf dem Platz, auch nach ihm können sie bald die Uhren stellen. Immer trägt der Nachbar ein weißes Hemd.

Wieder stelle ich die Möbel um, meine leeren Koffer stehen unter dem Bett. Ich stelle den Tisch um, den Schrank, die Kommode, als würde das etwas ändern, als könnte ich auf diese Weise vertrauter werden mit diesen für mich geschichtslosen Räumen, jemand klingelt an der Tür.

Seit siebenundfünfzig Tagen warte ich darauf, dass es an der Tür klingelt. Ich sehe in den Spiegel, so also klingt es, wenn jemand in die Wohnung will, denke ich, ich öffne nicht. Jemand entfernt sich. Ich bleibe sitzen auf dem Rand des Bettes, er hätte zweimal geklingelt, so also klingt es, wenn jemand in die Wohnung will. Ich höre das Radio von nebenan.

Komm jetzt, würde ich gern sagen, komm her jetzt, ich warte, es hat hier noch nichts begonnen, ich warte seit siebenundfünfzig Tagen auf dich.

Die schmalen Gassen gleichen einander. Oft verlaufe ich mich, ohne dadurch in Eile zu geraten. Man geht hier in einer anderen Geschwindigkeit verloren, niemanden könnte ich nach dem Weg fragen, niemanden würde ich verstehen, und also gehe ich, bis ich etwas wiedererkenne, eine Haustür, einen Laden, einen Innenhof. Noch fehlen mir die Sätze, mit denen ich Menschen auf meine Seite bringe, noch fehlen mir die Worte, um mich ihnen zu beschreiben, noch fehlt mir die Eile, in der ich von einem Ort zum anderen zu gehen habe, um Pflichten zu erledigen, noch fehlen mir die Pflichten.

Die Menschen hier haben Freude am Regen, sie sind ungeschickt mit ihren Regenschirmen, es fehlt ihnen an Übung, zu selten regnet es hier, sie stellen ihre Pflanzen vor die Tür, reflexartig, sobald die erste Wolke aufzieht. Die Pfützen sind tief, tiefer als bei uns, sage ich, und ich zeige auf das Regenwasser vor der Tür des Cafés, wo ist bei uns, denke ich, tief, wiederhole ich, der Wirt lacht, er gibt mir einen Besen, er gibt mir Stiefel, er zeigt auf den Abfluss auf der anderen Seite der Straße. Ich fege das Wasser beiseite, ich stehe auf der Straße, in den Stiefeln des Wirts, ich fege das Wasser zum Abfluss hin, der Wirt steht in der Tür, er raucht, er ruft etwas, ein anderer antwortet ihm, ich hebe den Kopf, seit neunundfünfzig Tagen, rufe ich, die Männer lachen in ihrer Sprache.

Der Nachbar ist bei den Männern, er sieht mich im Wasser stehen, in den Stiefeln des Wirts, morgen essen, ruft er mir zu.

Ich gehe an den parkenden Autos vorüber. Die in der zweiten Reihe parken, sichern ihre Autos nicht mit Handbremse und Gang. Sie planen es ein, verschoben zu werden, sie planen für die Eingeparkten mit. Die Schulkinder in Uniform verschieben die Autos in der zweiten Reihe, sie lachen, sobald eines der Autos ein anderes berührt, sie laufen, sobald jemand einen ihrer Namen ruft.

Und Damen haken sich unter bei Damen, die sie schon ein Leben lang kennen, sie tragen die gleichen Röcke, wie sie schon zur Schulzeit die gleichen Röcke trugen, und Großväter bringen den Enkeln das Laufen bei, wie sie selbst es lernten, an den Händen ihrer Großväter.

Ich kann mir nicht vorstellen, dass diese Stadt jemals anders gewesen ist, dass es hier jemals einen anderen Rhythmus, andere Farben, andere Geräusche und Gerüche gegeben hat. Ich kann mir nicht vorstellen, dass sich diese Stadt je verändern wird, alles hier scheint in Stein gemeißelt, eine unverrückbare, unveränderbare Tatsache ist diese Stadt, und doch nicht mehr als ein paar Gassen und Lichteinfall.

Als die Polizisten alles aus der Wohnung räumten, das für sie von Interesse sein könnte, als sie mich baten, das Zimmer zu verlassen, mich an den Küchentisch zu setzen, in diesem höflich übergeordneten Tonfall, mit diesen Sätzen ohne Zwischenzeile, als ich ihn in seiner Angst sah, seine Stimme zu laut, die Worte zu schnell, da wusste ich, wir würden das Land verlassen, für Jahre.

Wir hatten es schon oft besprochen, wir hatten mit Worten bebildert und uns Vorstellungen gemacht von einer Zeit, die ab einem unbestimmten Moment beginnen würde, einem Moment, der unser Startschuss sein würde, für das gemeinsame Verschwinden, für das fehlerlose Umleiten unserer beider Leben. Als der Moment jedoch kein ausgedachter mehr war, als es Stimmen gab, Gesichter, Schritte, Handbewegungen und Protokoll, als es Fragen gab aus Mündern, als es Augen gab, in die es zu sehen galt, da war kein Zauber mehr, da war nichts mehr wiederzuerkennen von unserem großen Plan.

Entfernt höre ich die Sirenen der Krankenwagen, sie fahren auf den Hof des Krankenhauses, einen prachtvollen Hof, auf dem die Verbundenen, Hinkenden, die Operierten, die Besucher und Krankenschwestern neben großen Aschenbechern stehen. Hier wird laut gerufen für die, die nicht gut hören, hier wird langsam gesprochen für die, die nicht gut verstehen, hier wird gelacht für jene, die nichts mehr zu lachen haben. Sonntags sind Kinder zu Besuch, nachmittags Ehemänner und Ehefrauen, abends ist es still, bis auf die Sirenen der Krankenwagen, ein schrilles Wiegenlied, an das ich mich gewöhnt habe.

Jemand klopft an die Tür, ich mache Licht, jemand klopft leiser, ich gehe zur Tür, ich öffne. Der Nachbar trägt ein weißes Hemd, essen, sagt er, ich weiß nichts zu antworten, entfernt höre ich die Sirenen der Krankenwagen, ich sehe den Nachbarn an, er lächelt, komm, sagt er, komm.

Die Gassen gleichen einander, nachts noch mehr als am Tage, ich weiß nicht, wo ich bin, der Nachbar nimmt meine Hand, er lacht über meinen Blick, er sagt etwas, er wiederholt, was er sagte, so also klingt es, wenn jemand in die Wohnung will.

Ein Mann geht hinter uns, er geht in unserem Tempo hinter uns. Ich gehe schneller, die Schritte hinter uns werden schneller, der Nachbar legt den Arm um mich, er bleibt stehen, er sagt etwas, er drückt mich fester an sich, ich wehre mich nicht, der Mann geht an uns vorüber, der Nachbar gibt mich frei.

Die Kathedrale steht in gelbem Licht, wie aus Sand steht sie dort, wie ausgedacht aus Sand. Der Nachbar geht vor mir über den Platz, er dreht sich nach mir um, er vergewissert sich, dass ich ihm folge, er wünscht sich, dass ich bei ihm bin.
Noch hat nichts begonnen, denke ich, heute ist der sechzigste Tag, noch hat nichts begonnen, rufe ich, der Nachbar versteht mich nicht.

Könnte ich mit dem Nachbarn sprechen, so müsste ich mir nun eine Geschichte für ihn ausdenken, ich müsste erklären, weshalb ich hier bin, weshalb ich ziellos Zeit verbringe, weshalb ich keine Eile habe, die Sehenswürdigkeiten zu besichtigen, weshalb ich eine Wohnung angemietet habe und nicht etwa in einem Hotel meine Urlaubstage verbringe. Ich müsste mich ihm plausibel machen, das Geld ihm plausibel machen, mein Warten ihm plausibel machen. Jetzt aber, wo wir noch keine gemeinsame Sprache zur Verfügung haben, stellt er keine Fragen, die ich nicht beantworten wollen würde. So lässt es sich aushalten, sage ich, und ich sehe den Nachbarn an, er nickt, als verstündest du, sage ich.

Sprich, sagt er auf Englisch. Sprich mit mir in deiner Sprache, sagt er.

Heute ist der sechzigste Tag. Neun Jahre und dreihundertfünf Tage gilt es noch verstreichen zu lassen. Dreitausendfünfhundertundneunzig Tage, sage ich, und ich lache darüber. Noch hat nichts begonnen, noch ist er nicht bei mir.

Der Nachbar bestellt das Essen, auch für mich trifft er die Wahl, ich weiß nicht, was er bestellt, ich weiß nicht, was ich essen werde, sprich in deiner Sprache, sagt der Nachbar, und ich erzähle, la melodía, in dem Wissen darum, dass er nicht versteht.

Was, wenn ich vergesse zu warten, was würde das ändern, jetzt genau beginnt der einundsechzigste Tag, sage ich, der Nachbar gießt Wein nach, er trägt ein weißes Hemd, niemand hier trägt, sage ich, und ich beende diesen, unseren Satz nicht, niemand, wiederholt der Nachbar.

Es wird kälter, sie binden die Palmenblätter nach oben, wie Kerzen stehen die Palmen starr auf den Plätzen, für den Winter in Form gebracht. Immer weniger Menschen sitzen draußen, el viento, obwohl die Tische und Stühle bereitstehen, jeden Tag aufs Neue, immer wieder diese frisch eingedeckte Hoffnung auf den blauen Himmel. Doch die Gäste ziehen in die Innenräume, wo die Kaffeemaschinen alles übertönen, das Lachen, die Worte übertönen, nur das Rufen ist zu hören. Und so rufen sie in den Innenräumen der Cafés, sie rufen sich Geheimnisse zu, Neuigkeiten, Preise, Zeitungsmeldungen, Fragen. Ich sehe die Menschen gestikulieren, ich sehe den Gesprächen der anderen zu, und ich weiß nicht, was ich zu erzählen hätte, hätte ich nun Sätze zur Verfügung. Ich weiß nicht, was ich zu sagen hätte, in diesem Moment, ich weiß nicht, was ich hören wollen würde. Ich habe die Vorstellung des Gegenübersitzens verloren, hier, in nur zweiundsechzig Tagen.

Und es funktioniert, das bisherige Leben aus den Augen zu verlieren, jeder Plan lässt sich verwerfen, jede Gewohnheit lässt sich brechen, jedes Vorhaben lässt sich vergessen, jeder Leitsatz lässt sich gegen einen anderen austauschen, in jedem Moment des Lebens.

Ich habe nicht Acht gegeben auf die Straße, ich habe nicht Acht gegeben, por casualidad, auf das weiße Auto. Genau jetzt, exakt dieser nächste Schritt wäre der letzte Schritt gewesen. Der letzte Ton in meinen Ohren wäre das vergebliche Hupen eines weißen Autos gewesen, das letzte Wort hätte ich vor zwei Tagen gesagt, es wäre an den Nachbarn gerichtet gewesen. Nicht, das wäre mein letztes Wort gewesen, eine Absage an die Berührung.

Es wird kälter, die Luft atmet sich auf andere Weise, in den schmalen Gassen, von Haus zu Haus gespannt, werden Lichter platziert, öffentliche Lichter, gespendete Lichter, Sterne, Bäume, Schlitten, blinkende Engel, überall gespendete blinkende Engel. Die Kinder tragen keine kurzen Röcke, keine kurzen Hosen mehr, sie tragen dicke Strümpfe und Pullover, sie werden sich an das Kratzen der Wolle erinnern, eines Tages.

Das Telefon klingelt. Ich nehme den Anruf an, ich sage meinen Namen. Seit fünfundsechzig Tagen habe ich meinen Namen nicht ausgesprochen, er gehört nicht an diesen Ort. Ich wiederhole ihn, niemand spricht, ich bewege mich nicht, ich höre kein Atmen, kein Räuspern, ich warte immer noch auf dich, sage ich. Ich höre das Besetztzeichen, ich sage meinen Namen, wieder und wieder, er gehört nicht an diesen Ort, ich sage seinen Namen, auch er gehört nicht an diesen Ort, ich lege auf.

Ich bleibe in der Tür stehen, bis sich der Regen auf der Straße gesammelt hat. Ich gehe, ich verlange nach den Stiefeln des Wirts, nach dem Besen. In Zukunft wird mich der Wirt erwarten, sobald es regnet.

Ich behaupte, ich würde ihn nicht verstehen, ich möchte dem Wirt meinen Namen nicht nennen, ich möchte mir keinen Namen ausdenken, nicht in diesem Moment.

Im Café sitzt auch der Nachbar, er winkt mich zu sich an den Tisch, er bestellt ein Glas Wein, ich bringe es ihm. Der Wirt lacht darüber, er gibt mir ein Tablett, er gibt mir die Karte zu lesen, er zeigt mir, bajo mano, wie man die Kaffeemaschine bedient.
Ab heute, sagt er, er nickt, er ruft etwas in die Küche, ab heute, denke ich, das Tablett in der Hand.

Die Spanier geben Spanien für mich auf dieser kleinen, viel zu hell ausgeleuchteten Bühne, der Tonmeister drehte den Ton auf äußerste Lautstärke, die Komparsen nehmen Position ein, und immer wieder wird die gleiche Szene gespielt, schnelles Sprechen am Tresen, geschäftiges Rufen quer durch den Raum. Die Spanier geben Spanien für mich, und welche Anmaßung liegt in diesem Gedanken, wo ich hier noch nicht einmal mehr einen Namen habe.

Und er wird plötzlich über den Platz kommen, oder er wird auf mich warten, vor dem Café. Er wird fünf Schritte hinter mir bleiben, in meinem Tempo fünf Schritte hinter mir die Straße entlanggehen, er wird lächeln bei meinem Anblick, er wird die fünf Schritte aufholen, sin duda.

Mittags sind die Gassen still, mittags hört man die Selbstgespräche. Viele hier gehen, während sie zu Boden sehen, und sie sprechen mit sich selbst. Es scheinen ganze Geschichten zu sein, die sie sich so erzählen, im Gehen, murmelnd manchmal, manchmal gut zu verstehen, immer gehen sie währenddessen.
Eine Frau schimpft, sie stimmt sich zu, sie gesteht sich ein, sie scheint sich zu wundern über das, was sie sich sagt, sie schüttelt über sich selbst den Kopf, vielleicht amüsiert, vielleicht verständnislos.
Die Frau sieht, dass ich sie beobachte, sie sieht mich an, sie sagt etwas, diesmal zu mir, und ich fühle mich

ertapt, ich warte, sage ich, sie nickt, sie klopft mir auf die Schulter, dann sieht sie zu Boden und spricht weiter, etwas schneller als zuvor, als habe sie Zeit verloren durch das Sprechen mit mir.

Sie stellen draußen die Krippen auf. Ganze Miniatur-dörfer sind das, aus weißen Häusern, mit Kirchen und Gemüsebeeten, Friedhöfen und Marktplätzen. Metzger in Miniatur schlachten Schweine in Miniatur, Bäcker kneten Teig, Frauen färben Stoffe, und immer wieder sind da die drei Könige, und immer wieder ist da dieses Kind in der Krippe, das Kind mit dem Heiligenschein, ein in den Kindskopf getriebenes Metall.

Sie stellen draußen die Krippen auf, es sind Krippen für jedermann, Musik, Lichter, Marien für jedermann, diese ausgedachte Welt setzt sich verlässlich und pünktlich zusammen aus Eseln, Stern und Engeln, aus Reisig, Holz und Glockenschlag.

Ich sitze am Tisch in der Küche, ich höre die Uhr, ich höre Schritte und Stimmen im Innenhof, ich höre Türen ins Schloss fallen, ich höre das Radio in der Wohnung nebenan. Ich sehe das Telefon an. Ich erzähle mir nichts, während ich so sitze. Würde er nun hinter mir stehen, würde er mir jetzt die Hand auf die Schulter legen, ich wüsste kein Wort zu sagen. Ich sehe das Telefon an. Weder Müdigkeit noch Nervosität, kein Sehnen, kein Zweifel ist mehr zu spüren, ich sitze, und ich sehe das Telefon an, das ist alles.

Es klingelt an der Tür. Ob ich viel Huhn esse, will der Nachbar wissen.

Als Kind sah ich, wie sie Hühner schlachteten. Seither habe ich viel Huhn gegessen, damit mir verständlich bleibt, was ich damals sah. Ich nicke, ich lache über den Nachbarn, deshalb sind Sie hier, um mich das zu fragen, lache ich, der Nachbar lacht mit mir, er versteht mich nicht, ich nicke, ja, viel Huhn, sage ich. Der Nachbar geht, er trägt ein weißes Hemd, sein Haar ist gewachsen.

Ich sehe ihn in seine Wohnung gehen, er schließt leise die Tür, ich weiß, dass er hinter der Tür stehen geblieben ist, ich weiß, dass er gerne umkehren und zu mir zurückkommen würde, er bleibt jedoch stehen, mit dem Rücken an die Tür gelehnt, ich weiß es.

Was wäre, würde ich vergessen zu warten, würde ich die Tage hier verbringen, als ginge es lediglich darum, Tage zu verbringen? Was wäre, würde ich vergessen zu warten? Und welche sind die Sätze, die uns dann bleiben würden, ihm dann bleiben würden, dort, und mir, hier?

Sie stellen draußen die Krippen auf, es sind Krippen für jedermann, Musik, Lichter, Marien für jedermann, eine verlässlich abrufbare Welt aus Schleifen, Licht und falschem Schnee.

Ich gehe über den Flur, ich klopfe an der Tür des Nachbarn, las manos, er öffnet mir, ich sehe ihn an, habe mich aufgestellt in Miniatur, sage ich, ich warte, das ist alles, sage ich, es ist im Moment nicht daran zu denken, jemand zu sein, an einem Ort mit anderen Menschen jetzt jemand zu sein, sage ich, er versteht mich nicht. Er tritt zur Seite, los ojos, ich betrete die Wohnung, la boca, er schließt hinter mir die Tür.

Ich sehe ihn an, wie er dort steht, mir gegenüber, ich weiß nicht, wie man sich Gewissheit zur Verfügung stellt, sage ich, der Nachbar lächelt, er küsst mich, als wüsste er es.

Um siebzehn Uhr überquere ich den Platz, ich halte inne, jeden Tag hier, seit nunmehr einundachtzig Tagen an dieser Stelle.

Rufe niemanden an, versuche nicht, mich zu finden, was wir wirklich können müssen, ist, dem anderen zu glauben, das hatte er gesagt, er hatte mich dabei angesehen, das also war unser Plan, einander zu glauben. Ich weiß nicht, wie man sich Gewissheit zur Verfügung stellt, das hätte ich ihm sagen müssen, ich sagte es nicht.

Ich trage das Telefon bei mir, ich überprüfe, ob es funktioniert, ich sehe das Telefon an, ich gehe über den Platz, wie jeden Tag um siebzehn Uhr, ich sehe das Telefon wieder und wieder an, seit einundachtzig Tagen. Wie lange hält das Warten an, bevor es kein Warten mehr ist, bevor es zu einem Leben allein wird, wie lange, das hätte ich ihn fragen müssen, ich fragte es nicht.

Ich wünschte, ein alltägliches Leben würde nun beginnen, ich wünschte, ich wäre eines der Zahnrädchen hier im allgemeinen Ablauf, aber noch hat nichts begonnen, noch warte ich, und innerhalb dieses Wartens findet alles andere nur an zweiter Stelle statt, ich habe mich aufgestellt in Miniatur, denke ich, nichts ist, weil es einfach so kam, alles befindet sich auf der Startlinie, doch niemand hebt die Pistole, niemand feuert den erlösenden Startschuss ab.

Ich habe nicht gehört, dass der Nachbar sich mir genähert hat, von hinten ist er langsam an mich herangetreten, er umarmt mich jetzt, er umschließt mich, wie ich es mir wünsche, umschlossen zu werden, noch aber warte ich, denk dir nichts, sage ich, der Nachbar versteht mich nicht.
Ich mache mich los, ich gehe vor ihm die Straße entlang, er folgt mir, er bleibt dicht hinter mir.

Das neue Jahr hat begonnen, gestern Nacht habe ich die Glockenschläge gezählt, zwölf Trauben habe ich gegessen, zu jedem Glockenschlag eine fürs Glück, ich habe die Raketen der anderen am Himmel aufsteigen sehen, ich habe über meine Einsamkeit gelacht angesichts der vielen Menschen auf dem Platz, ich habe gelacht über die Rufe, über die Umarmungen, über die Küsse, ich habe über mich gelacht, bin verschwunden, bin nicht vorhanden, weder hier noch dort, ich habe gelacht über mich, rufe ich dem Nachbarn zu, er holt auf, ich umschließe ihn, wie ich es mir wünsche, jemanden zu umschließen, mit aller Kraft meiner Arme, denk dir nichts, sage ich leise, er nickt, als würde er verstehen.

Niemals zuvor hat ein Jahr auf so vielen weißen Seiten begonnen, sage ich, der Nachbar nimmt meine Hand.

Wir gehen durch die Gassen, noch immer kenne ich die Wege nicht, ich sehe mich um, es könnte sein, dass er plötzlich hinter uns geht, fünf Schritte hinter uns, das wäre möglich, ich würde stehen bleiben, er würde die fünf Schritte aufholen, ich lasse die Hand des Nachbarn los, fünf Schritte, sage ich, der Nachbar lacht, er sagt etwas, er spricht sehr schnell, er trägt einen Pullover über seinem weißen Hemd, ich lache über den gestärkten Kragen, der Nachbar lacht mit mir, er hört nicht auf zu sprechen, ich höre diese fremden Worte, hin und wieder erkenne ich eines davon, ich verstehe nicht, sage ich, der Nachbar lacht, ich weiß, sagt er, und er nimmt meine Hand fest in die seine. So gehen wir, und ich frage mich, ob ich bereits an Kontur verloren habe, in den Köpfen der anderen, ob sie zum Jahreswechsel wohl an mich gedacht haben, ob das wichtig ist, sage ich, weshalb sollte es wichtig sein, dass jemand an jemanden denkt, was heißt das schon, sage ich.

Ich wähle die Nummer meiner Schwester. Sie wiederholt meinen Namen, sie betont ihn, als würde sie eine Frage stellen, dann sagt sie ihn wütend, und in dieser Wut erkenne ich die Kinderstimme meiner Schwester wieder, alles so lange her, das Kindsein, das Schwestersein im dunklen Zimmer, der Lichtspalt, das verstummte Haus, der Wind und ihre wütende Kinderstimme, wie sie damals meinen Namen sagte, hör auf, sagte sie, doch ich erzählte weiter, von Schritten im Kies, von eingeschlagenen Kellerfenstern, von kalten Händen, die den Hals des Kindes umfassen. Hör auf, hör auf, hörte ich damals meine Schwester wimmern, wütend sagt sie nun meinen Namen, wo bist du, sag doch etwas, ich habe ein Echo, verdammt, sagt sie.
Ich entschuldige mich, ich höre meine Stimme, ich höre meine Entschuldigung im Echo, ich lege auf.

Die Heiligen Drei Könige und ihre Helfer ziehen durch die Stadt. Die Könige thronen auf Traktoren, und sie werfen mit Karamellen nach den Kindern, der Boden ist klebrig, überall liegt buntes Papier. Die Heiligen Drei Könige sind drei Industrielle der Stadt, sie haben sich den Platz auf dem Wagen hart erkämpft, sagt man, und man macht, dinero negro, wortbegleitend das Zeichen für Geld.

Die Kinder springen von Straßenrand zu Straßenrand, und sie strecken sich nach den Bonbons, sie rufen, sie jubeln den Königen und ihren Helfern zu, die Mütter tragen leere Plastiktüten hinter den Kindern her, sie sammeln die Bonbons vom Boden auf, sie trösten die Kleinsten, die nicht vorn bei den Größeren stehen dürfen. Auch die Großmütter haben Tüten dabei, sie sammeln eine Jahresration Bonbons für die Nachmittage mit Enkelkind.

Vielleicht ist ihm etwas zugestoßen, denke ich. Aus der Ferne und ohne jeden Anhaltspunkt ist alles vorstellbar, alles ist vorstellbar, wenn man nichts weiß, sage ich, der Nachbar nennt mir die Namen der Heiligen Drei Könige, alles kann sein, wenn man nicht weiß, was ist, wenn man weiß, was möglich ist, sage ich, der Nachbar wiederholt die Namen der Könige.

Die Kinder lachen, die Mütter rufen, die Kleinsten weinen, es könnte sein, dass er niemals kommen wird, sage ich, und ich bin erstaunt über diese nun ausgesprochenen Worte, als würde mir dieser Gedanke zum ersten Mal in den Kopf kommen, als wäre es ein abwegiger, ein unangemessener Gedanke. Es kann gut sein, dass er niemals hierherkommen wird, sage ich sehr langsam, als wollte ich, dass der Nachbar mich versteht und mir etwas dazu sagt.

Wir bleiben am Straßenrand stehen, der Boden unter den Füßen klebt, es ist dunkel geworden, die Papiere der Bonbons glänzen, die Kinder sind aufgeregt und müde.
Aufgeregt und müde zu gleichen Teilen, sage ich, der Nachbar reicht mir eine Hand voll Bonbons, Caspar, Melchior, Balthasar, sage ich.

Ich lese die Worte, die mir auf der Straße begegnen. Plakate, Straßennamen, die Überschriften der Zeitungen am Kiosk, die Angebote in den Schaufenstern, die Zettel am schwarzen Brett im Supermarkt. Alles lese ich, ohne es zu wollen, es geschieht nun automatisch. Ich kann die Worte aussprechen, kenne nun den Klang dieser Sprache, ich finde mich zurecht in diesem Klang, die Inhalte jedoch fehlen, ich kann die allgemeine Melodie mitsummen, wenngleich ich die Texte nicht verstehe.

Ob der Klang bereits ausreicht, um sich zu beheimaten, denke ich, der Wirt begrüßt mich, er sagt etwas, ob der Klang wohl ausreicht, denke ich, der Wirt gibt mir die Karte, er hebt die Hand, er zeigt mir alle Finger dieser Hand, er schickt mich zu Tisch fünf.

Sie ist klein, sie sieht mich an voll Ärger, sie schüttelt den Kopf, immer Whisky, wozu eine Karte, sagt sie in meiner Sprache, bleiben Sie ein wenig bei mir, aber zuerst bringen Sie den Whisky, sagt sie. Ihr Name ist Mercedes. Ich lächle, ich bringe ihr den Whisky, ich setze mich ihr gegenüber an den Tisch, Tisch fünf, sage ich, sie lächelt. Geben Sie Acht, wir sind hier nicht sehr freundlich, Freundlichkeit macht Sie zur Ausländerin, lacht sie, und sie gewinnt an Kontur, mit jedem Wort.

Mercedes trinkt viel Whisky, ich sehe ihr dabei zu, ich sehe, wie sie langsam betrunkener wird. Ich höre, wie sich ihre Stimme, wie sich ihr Lachen verändert, es ist ein Lachen über sich selbst, und es wird zum Hohn, es wird wütender.

Immer häufiger blickt sie in die Ferne, mit jedem Schluck Whisky wird ihr Blick fremdartiger, mit jedem Schluck verschwinde ich mehr und mehr, bis sie mich vergessen hat.

Und so flüstert sie nun wirre Sätze, die ich nicht verstehe, und so sieht sie mich an, als wäre ich gar nicht wirklich bei ihr, als hätte sie sich dieses Gespräch ausgedacht, ich lache darüber, komm, ich bringe dich nach Hause in aller Freundlichkeit, damit du mit dem Schlüssel das Schloss findest, sage ich, und ich bezahle für sie.

Ich hake mich bei ihr unter, ich lenke ihre Schritte in die gerade Bahn, ich gleiche ihr Schwanken aus, la previsión, und ich verstehe ihre Worte nicht, die sie manchmal ruft, die sie manchmal sehr leise vor sich hin sagt.

Sie zeigt auf ein Haus, hier, sagt sie, und sie nickt, als würde sie einer anderen Person Recht geben, ja, ja, hier ist es, sagt sie, und sie gibt mir die Schlüssel zu ihrem Haus, es sind vier Schlösser zu öffnen.

Hunde bellen und wedeln, Hunde springen um Mercedes herum, es sind drei kleine Hunde, kaum Hund zu nennen, sage ich, Mercedes lässt sich auf das Sofa fallen, sie lacht über etwas, sie denkt etwas, sie lächelt, sie schläft dann ein.

Ich gehe durch die Zimmer des Hauses, es ist ein kleines Haus, es sind kleine Zimmer, in der Küche stehen viele Gläser mit eingekochter Marmelade, viele, viele Gläser, mit Datum beschriftet, manche Gläser stehen hier seit fünf, manche bereits seit sieben Jahren, die Worte sind unsicher auf die Etiketten geschrieben, mit zittriger Hand ist eine Unterschrift daruntergesetzt.

Die Hunde verrichten ihre Notdurft auf einem Handtuch, es liegt in der Nähe der Wohnungstür, die Hunde bewohnen eines der Zimmer, dort stehen Körbchen, Futter, Wasser, es liegen Bälle herum. Die Hunde weichen nicht von meiner Seite, sie gehen durch das ganze Haus mit mir, sie wedeln, sobald ich mich bewege. Sie sind oft alleine hier, denke ich, und ich gehe zu dem Sofa, ich sehe Mercedes dort liegen. Lange und oft allein, sage ich, Mercedes schläft fest.

Ich werde bleiben, sage ich leise, ich suche das Schlafzimmer, ich lege mich in das Bett, die Hunde liegen zu meinen Füßen, als würden wir schon immer auf diese Weise hier die Nächte verbringen. Mercedes ruft etwas, ich verstehe sie nicht, die Hunde stellen die Ohren auf für einen kurzen Moment.

Mercedes sitzt mir gegenüber am Küchentisch, la xenofilia, sie trägt eine Sonnenbrille, sie sieht aus dem Fenster, ich habe die Marmeladengläser im Blick. Mercedes lacht, in ein paar Tagen werden sie die Orangen von den Bäumen schlagen, sagt sie, in der ganzen Stadt werden Orangen auf den Straßen zerplatzen, es wird überall nach Orangen riechen. Meine Mutter macht aus den Stadtorangen Marmelade, niemand mag diese Marmelade, niemand hat sie je gegessen, niemand hält meine Mutter davon ab, die Marmelade einzukochen, wegen dieser Handschrift, wegen dieser unbeholfenen, rührenden Unterschrift.

Die Hunde sitzen neben Mercedes, sie verfolgen jede ihrer Bewegungen mit dem Blick, sie wedeln, sobald sich Mercedes ihnen zuwendet, zu oft und zu lange allein, sage ich, Mercedes nickt, noch zu früh für Whisky, nicht wahr, lacht sie.

Mercedes gibt mir die Schlüssel zu ihrem Haus, man weiß nie, sagt sie, ich kann ihre Augen hinter den dunklen Gläsern ihrer Brille nicht sehen, ich nicke, ich nehme die Schlüssel, dann gehe ich die Gassen entlang.

Ich grüße den Wirt im Vorübergehen, ich gehe mir bekannte Wege, ich kaufe Brot, ich kaufe eine Zeitung, ich klemme sie mir unter den Arm, als könnte ich sie lesen, und ich gehe durch die Gassen, das Brot in der Hand, als würde ich an einem gedeckten Frühstückstisch erwartet, als hätte jemand den Kaffee bereits aufgesetzt.

Noch hat nichts begonnen, denke ich, seit fünfundachtzig Tagen warte ich, la miniatura, noch bin ich hier nicht angekommen. Ein paar mehr Worte habe ich nun zur Verfügung, doch sie bilden noch keine Sätze, sie bilden noch kein Gespräch, noch richtet niemand das Wort an mich, noch weiß ich nicht über hingeworfene Scherze zu lachen, auf Fragen zu antworten, auf Unverschämtheiten unverschämt zu werden.

Ich gehe durch den Innenhof, ich klopfe an die Tür des Nachbarn, er öffnet, er lächelt, und die Stadt riecht nach Orangen.

Und die Stadt riecht nach Orangen, sage ich, der Nachbar nimmt mir die Zeitung ab, auch das Brot, so selbstverständlich, als sei er es gewesen, der mich zum Einkaufen geschickt hat. Ich lache darüber, er sagt etwas, auch er lacht, dann geht er mir voran in die Küche. Der Nachbar nickt, er bedeutet mir, mich zu setzen, er gibt mir einen Zettel.

Sei gewiss, lese ich laut, sei gewiss, wiederholt der Nachbar langsam und konzentriert, er versteht nicht, er gibt mir einen Teller, das Brot, Butter, er gibt mir eine Tasse Kaffee, dann setzt er sich mir gegenüber an den Tisch. Der Nachbar beugt sich zu mir hin, er sagt etwas, er bemüht sich, deutlich und langsam zu sprechen, er zeigt auf den Zettel in meiner Hand.

Wie sah er aus, frage ich, war er hier im Haus, kommt er wieder, frage ich, der Nachbar versteht mich nicht, sei gewiss, flüstert er, und er nimmt die Zeitung.

Ich erkenne die Handschrift, ich erkenne jeden Buchstaben seiner Handschrift wieder, ich lege den Zettel auf den Tisch.
Der Nachbar sitzt hinter der Zeitung, er sieht mich nicht an, die ganze Stadt riecht nach den am Boden zerplatzten Orangen, sage ich leise, sie schmecken nicht,

diese Stadtorangen, ich habe die Marmelade nicht probiert, aber Mercedes sagt, die Marmelade ihrer Mutter sei ungenießbar bitter.

Mercedes, wiederholt der Nachbar, er steht auf, er kommt zu mir, el beso, ich stehe auf, ich stehe dem Nachbarn gegenüber, wir atmen Mund an Mund, der Nachbar sagt etwas, ich spüre die Bewegungen seiner Lippen auf meinen Lippen, er wiederholt, was er sagte, und es ist, als spräche ich seine Worte mit.

Und alte Damen haken sich unter bei alten Damen, die sie schon ein Leben lang kennen, und Schulfreundinnen schlendern in Schuluniform über den Platz, die Röcke viel kürzer, als ihnen erlaubt, am Bund rollen die Mädchen ihre Röcke auf, sobald sie den Schulhof verlassen haben. Sie lachen keck darüber, und alte Damen haken sich unter bei alten Damen, die ebenso keck miteinander lachten, damals, auf diesem Platz, wo sie sich heute treffen, um gemeinsam zu schimpfen, über die Ärzte, über die Bilder in den Zeitschriften, über die unerzogenen Kinder der Kinder, über die schweren Beine.

Ich gehe durch die Straßen, und es ist anders, als es bislang war. In jedem Hauseingang könnte er stehen, aus jedem Taxi könnte er steigen, in jedem Café könnte er sitzen, und dieser Konjunktiv ist nun von einer anderen Wahrscheinlichkeit, und es ist nicht der Wunsch, der ihn mir aufgibt, es ist die Befürchtung.

Sie haben die Orangen eingesammelt, die Stadt sieht sauber aus, die Touristen halten Einzug in jedem Winkel, die Kutschen sind in den Gassen und in den Parks unterwegs, den Pferden werden keine Decken mehr übergeworfen, und ich gehe durch die Straßen, Sehnsucht kann man das nicht nennen, die Gedanken an ihn stehen in einem anderen Licht, la envidia, sie stehen nun unter anderen Vorzeichen. Ich habe diese anderen Vorzeichen gesetzt, ich habe das Geld versteckt, das Teilen ist nicht mehr vorgesehen. Ich habe die Vorstellung vom Teilen verloren, in all den Tagen hier ohne ihn, ich habe die Vorstellung des Nebeneinandergehens verloren, neunundneunzig Tage dauert es also, bis man die Vorstellung vom Nebeneinandergehen verliert, denke ich, und ich zähle die Tage nochmals nach, um sicher zu sein, um keinen Fehler zu machen. Neunundneunzig Tage, und wie lächerlich ist der Gedanke an ein Fürimmer, wenn neunundneunzig Tage ausreichen, um die Vorstellung vom Teilen zu verlieren.

Mercedes steht vor mir, ich sehe sie an, sie sieht müde aus, sie ist kleiner, als ich sie in Erinnerung habe, sie schwankt ein wenig, setzen wir uns, sagt Mercedes, und sie geht voran in eines der Cafés, ich folge ihr. Mercedes erzählt mir von ihren Arbeitstagen, von ihren Wochenenden, sie betont, wie oft sie alleine ist mit den Hunden, nicht wirklich allein also, aber, man muss es genau betrachten, auch wenn die Hunde nicht von meiner Seite weichen, sie sind nicht alles, sagt Mercedes, und sie beendet die Sätze nicht, manchmal wechselt sie die Sprache, ohne es zu bemerken, ich verstehe nicht alles, ich lache, ich höre gern, wie sie spricht, wie sie nicht schnell genug die Worte findet, um die trunkenen Gedanken einzufangen.

Ich höre gern, wie du über die Worte stolperst, sage ich, und ich denke an das Haus, el afecto, an die Schlüssel, die mir Mercedes gab, man weiß nie, sage ich, Mercedes nickt, nie, nie, sagt sie.

Ich nehme mir vor, an ihn zu denken. Ich lege mich auf das Bett, und ich setze ihn zusammen. Das Haar ist kurz, es ist dunkel, es wurde vor einhundertdrei Tagen bereits grau, und ich nehme mir vor, an seine Augen zu denken, sie sind blau, nicht besonders blau, weder die Form noch die Farbe seiner Augen sind in besonderem Maße beeindruckend.

Keine besonderen Merkmale, denke ich, und ich nehme mir vor, an seine Hände zu denken.
Er hat große Hände mit langen Fingern, seine Hände sehen geschickt aus, wenngleich auch sie Abdrücke hinterlassen. In all ihrer Geschicklichkeit haben sie Abdrücke hinterlassen, el adeudo, und ich gehe durch die Wohnung, ich habe mein Leben hierherverlegt, aufgrund der Abdrücke seiner geschickten Hände, sei gewiss, denke ich, und ich habe die Vorstellung vom Teilen unwiderruflich verloren, sei gewiss.

Ich lege das Geld auf den Küchentisch, es findet kaum Platz auf der Tischplatte, ich nehme Scheine und sortiere sie in meinen Geldbeutel ein, ich nehme Scheine und verteile sie in den Schubladen. In jede Schublade der Wohnung lege ich Scheine, nun verwahre ich sie nicht mehr, nun sind es andere Scheine, sie sind kein zu teilender Schatz mehr, sie sind zur Währung geworden.

Ich werde die Scheine ausgeben, ich werde nicht darauf achten, wie viele davon ich wofür ausgebe. Heute werde ich die Scheine ausgeben, die in den Schubladen keinen Platz mehr finden, ich werde sie in Umlauf bringen, doppelt so viel wie ursprünglich geplant habe ich nun zu meiner freien Verfügung.

Ich klopfe an die Tür des Nachbarn, komm, in Umlauf bringen, sage ich, der Nachbar versteht mich nicht, er sieht auf das Geld in meiner Hand, er sieht mich an. Unverdientes Geld, jede Menge davon, unverdient und zugeflogen, sage ich, der Nachbar schließt die Tür, er steht nun nah bei mir, zugeflogen, wiederholt er, und er sieht mich an.
Ich gebe ihm ein paar der Scheine, unverdient, nicke ich, er gibt mir die Scheine zurück.

Ich kaufe viel. Ich trage Tüten, der Nachbar trägt Tüten. Ich sehe die Scheine an, lass uns etwas trinken, sage ich, der Nachbar nickt, wir setzen uns, ich trinke viel und hastig, der Nachbar schüttelt den Kopf.

Ich weiß nicht, ob wir uns duzen, lache ich, duzt du mich, wenn du mit mir sprichst, lache ich, der Nachbar sagt meinen Namen, er nimmt mir das Glas aus der Hand.

Draußen gehen die jungen Mütter mit den Kinderwagen die Einkaufspassage entlang, die Väter sind nicht zu sehen, nicht um diese Zeit, um diese Zeit gehört die Stadt den jungen Müttern.

Ich kaufe weiße Hemden für den Nachbarn, el ajuar, sieben Stück sind es, nimm, sage ich, der Nachbar zählt erstaunt die Hemden, für jeden Tag der Woche eines, sage ich, er lächelt, Umlauf bringen, sagt er.

Ich stehe in einem Hauseingang, ich kann Mercedes sehen, wie sie aus ihrem Haus kommt, wie sie die Schlösser der Tür verschließt, vier Schlösser sind es. Man weiß nie, hatte sie damals gesagt, die Bilder des Großvaters hängen in meinem Haus, man weiß nie, gerade die Schwestern, ich habe vier Schwestern und vier Schlösser, sagte sie, als wir das Haus verließen, um mit den Hunden nach draußen zu gehen.

Mercedes sah sich damals nach allen Seiten um, vier Schwestern, sagte sie, vier Schlüssel, sagte ich.

Ich warte, bis Mercedes in einer der Gassen verschwindet, ich öffne die Tür, oben bellen die Hunde. Es ist dunkel, alle Vorhänge sind zugezogen, ich gehe durch die Zimmer, die Hunde folgen mir, sie weichen nicht von meiner Seite, jeder meiner Schritte ist ihnen eine Freude, bleibe ich stehen, setzen sie sich und sehen mich an.

Ich mag es, durch das fremde Haus zu gehen, ich mag es, mir heimlich in einem fremden Leben meinen Platz zuzuteilen, für einen kurzen Augenblick ein Leben zu inszenieren, das nicht das meine ist, jemandes Dingwelt in aller Ruhe zu beschlagnahmen, und ich ziehe Hausschuhe über, ich nehme einen Bademantel und ziehe ihn über, ich höre meine Schritte auf den Dielen.

Ich beiße in einen Apfel und lege ihn zurück in die Schale, ich nehme ein Buch und blättere darin, ich unterstreiche einen Satz, als hätte ich ihn gelesen, als hätte ich in einem meiner Bücher eine Stelle zu markieren, die zu meiner Lebenssituation passt. Als hätte ich eine Lebenssituation, denke ich, dann hänge ich den Bademantel zurück an den Haken, ich stelle die Hausschuhe zurück an ihren Platz.

Ich nehme Scheine aus der Tüte, ich verteile Scheine im ganzen Haus, in der Küche, im Bad, auf dem Schreibtisch, man weiß nie, sage ich, die Hunde wedeln.

Mercedes wird die Scheine finden, zuerst wird sie sich fürchten, sie wird sich zwingen, ruhig zu bleiben und darüber nachzudenken. Mercedes wird die Scheine zählen, sie wird sich daran erinnern, dass sie mir die Schlüssel des Hauses gegeben hat, ich werde leugnen, die Scheine in ihrem Haus verteilt zu haben, sie wird dennoch wissen, dass ich es gewesen bin, und ich werde ihr raten, das Geld auszugeben, sich darüber zu freuen. Sie wird nicht aufhören, darüber nachzudenken, sie wird das Geld nicht ausgeben wollen.

Mercedes wird den Kopf schütteln, am nächsten Tag wird sie einen der Scheine nehmen, dann wird sie ein paar mehr der Scheine nehmen, la venalidad, dann wird Mercedes alle Scheine nehmen.

So ist das, denke ich, und ich lege einen der großen Scheine auf ihr Kopfkissen, so ist das, sage ich, und die Hunde wedeln.

Ich gehe durch die Innenstadt, ich sehe Preise, Schmuck, Wäsche, Schuhe, Brille, Uhr, ich drehe und wende Dinge in meinen Händen, ich zähle Scheine in die Hände der Kassierer, ich probiere an, Jacke, Mantel, Bluse. Hin und wieder sehe ich auf, ich sehe mich um nach ihm, ich suche ihn in meiner Nähe, als könnte ich ihn einfach aufspüren, ihn, den Meister des stummen Vorhandenseins, die Unauffälligkeit in Person, als würde es ausreichen, einfach nur hin und wieder den Kopf zu heben, um ihn der Anwesenheit zu überführen. Ich lache darüber, sei gewiss, denke ich.

Überall Scheine, da hat man viel zu lachen, sagt Mercedes, sie steht hinter mir, so ist das, sage ich, sie gibt mir den angebissenen Apfel.

Wir gehen in eine Bar, wir trinken viel, ich erzähle Mercedes von Silberbesteck, von Fahrrädern, Instrumenten, Computern, von den Dingen, die sich gut und teuer verkaufen lassen, ohne dass man sie tatsächlich und rechtmäßig besitzt. Dinge, die man aus den Läden trägt, la paga, als seien sie Eigentum.

In aller Selbstverständlichkeit bewegst du dich langsam und unauffällig zwischen den Regalen, du nimmst, was teuer ist, du verlässt die Räume langsam, manchmal grüßt du freundlich, Höflichkeit und gepflegte Hemden sind ein gutes Versteck, doch du musst geschickt sein mit dem Messer, flink und für niemanden nachvollziehbar muss das Messer die zarten Folien durchtrennen, um die gesicherte Ware geräuschlos vom Magneten zu befreien, sage ich.

Mercedes nickt, wenn dein Geld nicht dein Geld ist, weil du kein Anrecht auf es hast, weil du es vielmehr fälschlicherweise vorübergehend in Gewahr genommen hast, unredlich und wider die Moral, so kann ich es also zu deiner Strafe beruhigt und ohne Gewissensbisse ausgeben, lacht sie.

Der Ton des Alarms, den trägst du für Tage im Ohr. Das Flüchten durch überfüllte Einkaufspassagen wird zum schamvollen Hakenschlag eines Gescheiterten, sage ich, Mercedes nickt. Das Kauern in einem zufällig offen stehenden Kellerraum ist eine Erniedrigung, das Warten auf die Dunkelheit und das Hoffen darauf, dass niemand kommt, um die Kellertüre zu verschließen oder um etwas zu holen, ist eine qualvolle Zeit, während der dich die Jämmerlichkeit deiner Person, die Jämmerlichkeit deiner gekrümmten Körperhaltung im hintersten Eck des feuchten Kellerraumes, und nicht etwa die Angst davor, entdeckt zu werden, zum Schweigen bringt.

Mercedes nimmt meine Hand, Schein für Schein werde ich ausgeben, wirst schon sehen, und so wird sich dein schlechtes Geld untermischen, wird sich in den Kassen zu dem anderen schlechten Geld gesellen, der eine hat Huren in der ganzen Stadt, der andere ist Richter und hat geldwerte Freunde, der dritte ist Hehler, der vierte ist Bürgermeister, was macht das schon, lacht Mercedes.

Was macht das schon, sage ich leise, wer könnte das wohl sein, der am Ende die Rechnung stellt, wer überweist wohl wem hier welche Schuld, sage ich, und wir trinken, Mercedes hält meine Hand, la cortesía, als wollte sie mich über das Bild hinwegtrösten, das sie von mir haben könnte, das ich selbst von mir haben könnte.

Die Stadt füllt sich mit Touristen, die Marien werden mit Staubwedel und Beschwörung auf ihren Auftritt vorbereitet, Hunderte von Kameras werden, wie jedes Jahr, auf sie gerichtet sein, man zieht das leidende Lächeln im Madonnengesicht, man zieht die Träne mit dem Staubtuch nach, el hábito, man poliert die Falten ihres Gewandes, die Fliesen der Kirche werden gebohnert, neue Kerzen werden verteilt.

Und hinter den Fenstern üben sie wieder und wieder ihre Lieder, und die Stadt füllt sich unter diesem Klang, wie jedes Jahr, die Gassen sind zu schmal für all die Menschen, die Zimmer werden teurer, wie jedes Jahr, die Pferde der Kutscher bekommen Zöpfe geflochten, el blindado, die Restaurants stellen zusätzliches Personal ein, die Postkartenständer werden neu bestückt, die Bilder der Toreros und Flamencotänzerinnen weichen den Bildern der Brüderschaften.

Überall nun sieht man Bilder dieser Gestalten in ihren Kutten, die spitzen Hüte ragen zuhauf in den Himmel, die heilige Woche nähert sich diesem Ort wie eine alles unterspülende Welle, sie ziehen das heilige Lächeln nach, sie entstauben die Kirche, sie richten die Postkarten aus, Weihrauch weht von überall her nach überall hin.

Der Wirt lächelt, schon lang hat es nicht mehr geregnet, sagt er zur Begrüßung, und er reicht mir den Besen. Die Stühle stehen noch auf den Tischen, ich fege den Raum, ich stelle die Stühle auf, ich verteile Aschenbecher, ich stelle mich an den Tresen und sehe hinaus.

Um diese Zeit werden die Spanier durstig, der von der Hitze diktierte Tagesablauf bleibt in ihnen bestehen, auch in der kühleren Jahreszeit sind sie nicht davon abzubringen, mittags lange zu ruhen und bis in die Nacht hinein wach zu bleiben. Der Wirt zapft ein erstes Bier, er verteilt Brot in den Körben, er mahlt Kaffeebohnen, auch er singt leise die Lieder vor sich hin, die hinter so vielen Fenstern geübt werden.

Und Söhne träumen davon, einmal die Maria durch die Gassen zu tragen, sie stellen sich ihre erwachsenen Oberkörper vor, sie üben heimlich, Gewichte zu stemmen, sie sehen ihren Vätern zu, wie diese sich die Tücher um den Kopf binden, zum Schutz vor der Reibung des groben Holzes. Die Söhne betrachten die Schürfwunden und die blauen Flecken an Schultern und Oberarmen der Väter, die Söhne üben heimlich den Trippelschritt mit, sie gehen die Wege von der Kirche durch die Gassen ab, in Erwartung der großen Prozession.

Töchter indes träumen vom Leben in der großen Stadt, in der es keine zu engen Gassen gibt, el potro, und keine Brüder, die werden wollen, wie die Väter sind.

Über dem Wirt an der Wand, zwischen all den riesigen Stierköpfen, hängt der Schädel einer schwarzen Kuh.

Sie war es, sagt der Wirt, die dem Stier das Leben schenkte, der Spaniens berühmtestem Torero dann den Tod brachte. Als der Bauer davon erfuhr, schlug er der Kuh den Kopf ab, der Bauer war mein Vater, sagt der Wirt, contar cuentos, und er sieht auf den Kopf der Kuh an seiner Wand. Sie sollte niemals wieder eine solche Bestie zur Welt bringen, sagt der Wirt stolz, vielleicht stolz auf den Axtschlag des Vaters, vielleicht stolz auf die Kuh, und ich würde ihm gern sagen, dass ich seine Geschichte kenne, el hacha, ich habe sie bereits erzählt bekommen, an anderer Stelle unter dem Kopf einer anderen Kuh, doch die Worte reichen nicht aus, meine Worte sind noch nicht satzfähig, noch habe ich lediglich genug Worte zur Verfügung, um zuzuhören und deutend den Sinn zusammenzusetzen.

Ich zeige dem Wirt eine Fotografie, ich warte auf eine Regung, die mir verrät, dass der Wirt ihn hier schon einmal gesehen hat, an einem der Tische sitzend, vermutlich allein, der Wirt schüttelt den Kopf, er sieht sich die Fotografie dann nochmals an, er schüttelt nochmals den Kopf, aber die hier, die kenne ich, lacht er, sie ist nun nicht mehr ganz so blass.

Es ist dunkel, ich gehe durch die Gassen, die Häuser haben ihre Farben verloren, hin und wieder höre ich Stimmen hinter den Fenstern, media luz, ein Husten, ein Lachen, einen Hund, ein weinendes Kind, eine schimpfende Frau, eine lachende Frau, Geschirr.

Nun bin ich wohl hier angekommen, denke ich, nun würde es mich stören, ihn wiederzusehen, die Schnittkante ist verschwunden, das Leben jenseits der Schnittkante hat seine Konturen verloren, nichts fehlt mir hier, nur die Worte, um zu erzählen, aber was schon wollte ich erzählen und wem.

Arm in Arm gehen die Touristen an mir vorüber, und sie lächeln sich ihre eingespielten Welten zu, und so schnell geht es, dass man vergisst, sich unterhaken zu wollen, dass man die Sehnsucht nach Worten und Bedeutung verliert, so schnell geht es, dass man vergisst, wie man war, was man tat, wo man sich aufhielt.

So schnell geht das, denke ich, dass man seine Richtung ändert, la guia, dass man einen Plan austauscht gegen den nächsten, dass man sich dreht und wendet, ganz nach Laune und Bedarf, ohne Gewissen und Gesinnung und ohne Staunen über sich selbst.

Ich weiß nicht einmal mehr die Anzahl der Tage zu nennen, die ich nun hier bin und warte. Ich bin schon lange nicht mehr zu dem Platz gegangen.

Ich bleibe stehen, jemand bleibt stehen, jemand steht dicht hinter mir, jemand umfasst mich hinterrücks.
Ich bewege mich nicht, ich schreie nicht, ich wehre mich nicht gegen die Handgriffe, nicht gegen das Durchwühlen meiner Taschen, nicht gegen die harten Schläge in die Nieren.

Ich höre Stimmen und Rufe, ich höre schnelle Schritte auf mich zukommen, ich sitze am Boden, jemand beugt sich zu mir herab, der Nachbar kommt gelaufen, warum bist du hier, frage ich, er versteht mich nicht, er spricht mit den Umstehenden, er hilft mir auf, langsam gehen wir nach Hause, el morado, der Nachbar redet leise auf mich ein, ich verstehe ihn nicht.

Ich versuche mich an die Hände zu erinnern, ob es wohl seine Hände waren, sage ich, der Nachbar gibt mir ein feuchtes Tuch, Eis ist darin eingewickelt, er bedeutet mir, mein Auge zu kühlen. Ob es wohl seine Hände waren, sage ich, der Nachbar versteht mich nicht.

Er ist sanft, der Nachbar umfasst mich, ich bewege mich nicht, ich wehre mich nicht gegen die Berührungen, nicht gegen die Worte, die ich verstehe, ohne sie kommentieren zu können, ohne sie widerlegen zu wollen. Und ich weiß nicht, weshalb mir mein eindeutiges Wesen abhandenkam, la sospecha, ob es wohl seine Hände waren, denke ich immer wieder.

Die Tage vergehen ohne Schwierigkeit und Wider-
stand. Es gibt keine großen Themen zu besprechen,
ich habe kein Vokabular für große Themen zur Verfügung, noch forme ich die Sätze der kleinen Welt,
Supermarktsätze, Nachbarschaftssätze, Schustersätze,
Postschaltersätze.

Ich zähle die Tage nicht mehr, ich fürchte mich nicht
mehr vor plötzlich auftauchenden Erinnerungen, die
eben noch Sehnsucht hinterließen, die eben noch einsam machten und trist. Nur mehr selten denke ich an
das Leben damals, an mein Land, das ich nicht mehr
betreten werde, nicht in nächster Zeit. Auch vor diesem
Gedanken habe ich keine Furcht mehr. Ich bin hier zum
Zuschauer geworden, es ist mir ein Leichtes, außerhalb
zu bleiben, mit anzusehen, la serenidad, wie sie hier
sind, was sie hier tun, wie sie miteinander sprechen,
wie sie sich auf die Schultern klopfen. Geschäftig wir-
ken sie, mit Leib und Seele bei der Sache, so stehen sie
beieinander, und sie fallen sich eifrig ins Wort. Es wird
nicht davon ausgegangen, dass ich zugehörig bin, als
Fremde ist das Abseitsstehen naturgemäß.

Die Tage verstreichen ohne Besonderheiten, als hätte
ich einen Alltag zur Verfügung, deambular, als wäre ich
im Abseitsstehen heimisch geworden, ich bin es jedoch
nicht, und auch vor diesem Gedanken fürchte ich mich

nicht mehr, denn alles scheint in einen ungefährlichen Stillstand geraten zu sein, alles scheint morgen genau so zu bleiben, wie es heute ist, wie es gestern war, nichts vermag zur Qual zu werden, und ich vertraue darauf, apostar todo a una carta, dass alles einfach weitergeht, und nur mehr eine unaufgeregte Neugierde gegenüber den menschlichen Übereinkünften treibt mich in die Läden, in die Restaurants, in die Parks.

Es sei denn.
Es sei denn, er steht plötzlich vor mir. Es sei denn, ich bin gezwungen, ihn beiseitezuschaffen. Es sei denn, ich schaffe ihn beiseite.
Es sei denn, denke ich.

Weihrauch weht von überall her nach überall hin. Die Marien und die Söhne Gottes werden langsam und in geübtem Trippelschritt von den Braven geschultert, sie werden durch die Gassen getragen, vorbei an den Fotoapparaten, vorbei an den Betrunkenen, an den Weitgereisten, an den Familien von hier, und die Musik mischt sich unter die stille Andacht, Sänger klagen unser aller Leid, la distribución, Trommler schlagen den Takt dazu, die Buße ist farblich sortiert, unter spitzem Hut und hinter Kutten findet sie statt.

Ich werde an die Seite gedrängt, ich stehe an der Mauer, und ich sehe diese vielen Menschen, wie sie alle im gleichen Tempo gehen, ich stelle mich in einen Hauseingang, ich stehe erhöht auf einer Treppenstufe, die Menschen schieben sich als Einheit voran, einheitlich im Ton, einheitlich in der Geschwindigkeit, im Summen, im Schweigen, im Singen einheitlich.

Ich kenne die Lieder nicht, ich vermeide es, zu den Vermummten zu sehen, el mareo, oder zu den Büßenden mit Kreuz, ich versuche, mich nicht auf das Flackern der Kerzen zu konzentrieren noch auf das Stimmengewirr.

Mir schwindelt dennoch, eine Frau hält mich am Arm, sie murmelt etwas, und was sie da murmelt, hat Melodie, vielleicht sind es Verse, ich verstehe sie nicht, sie lächelt, sie lässt nicht ab davon, mich zu stützen, bis ich ihr zunicke, bis ich ihr danke, dann geht sie zurück in die Menge, und einheitlich schieben sie sich voran durch die Gassen, einheitlich ist ihr Gesang, ihr Klagen, ihre Bewegungen, und Weihrauch weht von überall her nach überall hin.

Mir ist, als sähe ich in seine Augen, als sähe ich ihn auf der anderen Straßenseite an die Hauswand gelehnt. Mir ist, als lachte er über mich, als würde er den Blick dann abwenden und kopfschüttelnd in eine andere Richtung sehen. Ich versuche, die Straßenseite zu wechseln, ich werde vorangedrängt, mit aller Kraft gehe ich gegen die Laufrichtung der anderen an, ich erreiche die gegenüberliegende Straßenseite, ein wenig abgetrieben, niemand lehnt mehr an der Hauswand.

Der Nachbar greift nach meiner Hand, er zieht mich in die Gasse zurück, wir gehen langsam mit den anderen, er lacht, niemand hier trägt weiße Hemden, sage ich, el convenio, er nickt, sieben Stück, für jeden Tag der Woche eines, sage ich, wir gehen langsam hinter den anderen, vor den anderen die Straße entlang, und Weihrauch weht von überall her nach überall hin.

Sehne mich nicht, murmle ich, ich spreche leise, wie die anderen um mich herum leise sprechen, sehne mich nicht, murmle ich immer wieder, der Nachbar lächelt, sehne mich nicht, murmle ich.

Ob er es war, ob er mich ansah, ob es seine Augen waren, ob er mir folgt, weshalb sollte er sich verbergen, murmle ich, weshalb sollte er sich mir nicht zeigen, murmle ich, und ich gehe mit den anderen hinter der Maria her, ich atme Weihrauch ein, ich atme aus, weshalb sollte er mich verfolgen, murmle ich, und so hat jeder hier seine Verse, el metro, jeder bildet seine Verse hier aus den eigenen kleinen Belangen.

Ich sehe mich um, der Nachbar summt, das fade Licht steht ihm gut, ich atme ein, ich atme aus, sehne mich nicht, murmle ich immer wieder in sein Summen hinein.

Da verbrachte man all die Zeit in einer Ausschließlichkeit zu zweit, und man war sich des Ganzen so sicher, und man war sich des eigenen Herzens so sicher und der Wiederholbarkeit aller gewohnten Ereignisse, man war sich der alltäglichen Richtigkeit und des eigenen Wünschens so sicher, und von einem Moment auf den nächsten ist nun alles anders, und man tauscht Mund gegen Mund, man tauscht Vorstellung gegen Vorstellung, man tauscht Leben gegen Leben, um wiederum die gleichen Sicherheiten zu finden, die gleiche Ausschließlichkeit, das gleiche Zuzweit in jedoch anderer Besetzung.

Wie soll man sich denn da noch beim Wort nehmen, la fulana, wie soll man denn da noch auf etwas vertrauen, man hat schließlich immer wieder die Wahl, und wieder und wieder, sage ich, no entiendo ni jota.

Ich sehe ihn vor uns gehen, ich gehe schneller, ich komme ihm näher, ich versuche ihn zu fassen, noch bin ich nicht nah genug, el husmeo, er dreht sich um, er sieht mich an, er sieht müde aus, man tauscht Leben gegen Leben, denke ich, er geht nun schneller, er verlässt die Straße, er verschwindet in einem Haus. Ich folge ihm durch das dunkle, schmale Treppenhaus, ich höre ihn atmen, ich bleibe stehen, ich höre ihn hinter mir atmen, er hält mir den Mund zu, ich spüre ihn hinter mir, er gibt meinen Mund frei, ich schreie nicht, ich spüre seine Hände, sein Begehren, er schiebt mich gegen die Wand, ich höre ihn atmen, ich höre ihn schneller atmen, auch ich atme schneller, er greift mir ins Haar, er zwingt mich stillzuhalten, ich bin leise, man tauscht Plan gegen Plan, denke ich, ich drehe mich um, el bote, eine kleine Bewegung nur, und er stürzt die Treppe hinab, er schlägt dumpf auf, man tauscht Gesinnung gegen Gesinnung, denke ich, el sujeto, es ist dunkel rundum. Ich höre die Trommeln draußen, die Stimmen, die Gesänge, die Trompeten, und Weihrauch weht von überall her nach überall hin. Niemand ist mehr mit mir in dem Treppenhaus.

Ich nehme die Scheine aus den Schubladen, ich lasse keinen der Scheine zurück, ich habe mich gegen die Komplizenschaft entschieden, momento de cambio, ich habe mich entschieden, beide Teile der Beute für mich einzubehalten.

Ich warte schon längst nicht mehr, nicht auf ihn, nicht darauf, dass er kommt, um mir das Geld zu nehmen, und es ist heiß vor der Tür, ich verlasse das kühle Haus, den kühlen Innenhof, ich gehe an den Hauswänden entlang.

Der Wirt steht vor der Tür, er lächelt, er grüßt, ich gebe ihm zwei Tüten aus Plastik, alles, was ich habe, sage ich, er sieht mich an, er sieht in die Tüten, er lacht, er geht in die Küche, ich folge ihm.

Der Wirt legt die Tüten in die Tiefkühltruhe, dort liegt das Geld nun zwischen Hühnerbein und Blumenkohl, zwischen Eiscreme und Tomatensud, erst mal sicher hier, sagt der Wirt, er stellt keine Fragen, er gibt mir zu trinken, er lacht hin und wieder, dann schüttelt er den Kopf, verstehe einer die Deutschen, verstehe einer die Frauen, lacht er.

Mercedes ist schön heute Abend, pícara, sie sitzt mir gegenüber, erzähl mir das große Verbrechen, sagt sie, und sie gibt mir ihr Glas. Ich trinke nicht daraus, zuerst war das große Verbrechen nicht notwendig, sage ich, wir kamen gut zurecht mit dem kleinen Diebstahl. Er achtete darauf, dass alles Stil hatte, dass die Sore edel, dass jeder seiner Pläne und Schritte von Eleganz und Kühnheit war. Er achtete auf seinen Körper, er ließ die Hemden bügeln, er gab den solventen Liebhaber des guten Lebens, la fatuidad, den gutbürgerlichen Rebellen. Er liebte die große Wohnung, die Dinge, die vielen, teuren Dinge. Er umgab sich mit Verehrern und Verehrerinnen, und er brauchte mehr und mehr von allem, und auch ich brauchte mehr und mehr von allem, das Leben wollte beibehalten, es wollte unterhalten sein, auch ich liebte das gute Essen, die große Wohnung, die Dinge, die vielen, teuren Dinge. Der Bedarf war nun ein anderer, Kisten mit Champagner für die Essen, Muscheln und Hummer für die Essen, Silberbesteck, Seidenhemden, Pferdelederschuhe, maßgeschneidertes Dasein, Ringe, Kunst und Auto, da hetzt man schnell dem Haben hinterher, da gerät man schnell ins Soll und ins Muss.

Mercedes nimmt mir das Glas aus der Hand, sie trinkt, sie bestellt mehr zu trinken, sie sieht aus dem Fenster, dann lächelt sie mich an. Sie mag es, mich sprechen zu hören, sie mag, wie ich spreche, la impostura, ich gebe die Erzählende für sie, ich kenne die Gesten, die mich zur Erzählenden machen, ich lache darüber.

Hochstapelei ist ehrlich, sagte er einmal, welcher Mensch spielt vor sich selbst wohl keine Rolle im kleinen, selbst bestuhlten Theater. Ich bin Bäcker, ich bin Bürgermeister, ich bin Tänzerin, ich bin ein guter Sohn, ein verrücktes Huhn, eine treue Ehefrau, ich bin Polizist, Richter, Anwältin, Lehrer, alles das sind doch nur Rollen, und nur jene, die wissen, willentliche Darsteller ihrer selbst zu sein, sind ehrlich, so es denn auf Ehrlichkeit ankommt, sagte er damals, und er band sich die Krawatte um, la serpiente, und er zog sich den Ring des Vaters über den Finger.

Mercedes sieht schön aus, wie sie mir zuhört, wie sie auf meinen Mund sieht, Mercedes beugt sich zu mir hinüber, aber das Verbrechen, sagt sie.

Wir wussten von mehreren sehr großen Ballsälen, wir wussten von den gefüllten Wochenendkassen, wir wussten, dass jemand nach Feierabend die Einnahmen aller Ballsäle einsammelte, er fuhr von Dorf zu Dorf, wir wussten, dass er das viele Geld mit sich nahm, mit dem Auto fuhr er über Land nach Hause, wir wussten, dass er stets getrunken hatte, ein wenig nur, aber genug, um nicht in eine Polizeikontrolle geraten zu wollen. Wir wussten, welche Wege er nahm, wir passten ihn ab, wir trugen Polizeiuniformen, und während ich die Daten aufnahm und über die Trunkenheit am Steuer sprach, holte mein Kollege das Geld aus dem Auto, es war viel Geld, das Geld mehrerer Dörfer beim Tanz.

Man fand ihn dann, er lag tot in seiner Wohnung, niemand hatte ihm glauben wollen, niemand glaubte, dass er bestohlen worden war, man fand ihn mit durchtrennter Kehle, sage ich.

Mercedes gibt mir das Glas, man trennt sich kaum selbst die Kehle durch, sagt sie, ich nicke, ja, es gab einige, die das Geld vermissten, es gab einige Besitzer von Messern dieser Art, es wurde nicht sehr genau ermittelt, doch die Geschichte über die gespielte Polizeikontrolle, die wanderte von Dorf zu Dorf. Es ging um die Ehre der schuldlosen Polizisten, es ging darum, die Diebe zu finden, an die durchtrennte Kehle dachte niemand mehr, ich dachte daran, oft, sage ich.

Ihr werdet also gesucht, und du bist nun auf doppelter Flucht, fliehst vor der Polizei, fliehst vor deinem Komplizen, sagt Mercedes, sie schüttelt den Kopf, preocupado, sie sieht schön aus, wie sie mich ansieht, fasziniert und gleichsam abgestoßen.

Es gibt einige, die behaupten, wir hätten ihm die Kehle durchtrennt, weil er uns gesehen hatte, weil er uns hätte identifizieren können. Ich floh sofort, er wollte nachkommen. Sei gewiss, sagte er mir, er gab mir das ganze Geld, sei gewiss, sagte er. Zuerst vermisste ich ihn sehr, ich hatte mich an ihn gewöhnt, an seine Art zu leben, an seine Art, die Dinge zu sehen, Dinge zu haben, diese Ausschließlichkeit in allem, was er tat, ein Leben lang schon. Er hatte eine klare Haltung eingenommen, einen klaren Standpunkt hatte er sich zugewiesen, und die Treue, die er sich selbst einmal geschworen hatte, bei aller Illegalität, die war ihm unumgänglich geworden, wie das nur bei Kindern ist, die dem geleisteten Schwur alles opfern würden.

Mit fünfzig höre ich auf, sagte er einmal, mit fünfzig muss ich mir eine andere Rolle zuweisen, oder ich muss mich erschießen, sagte er.

Ich weiß nicht, was einfacher ist, lacht Mercedes, sie ist schön, bist schön, sage ich, Mercedes lacht nicht mehr.

Als ich hier allein die Wohnung suchte, als ich allein in die Räume einzog, als ich allein durch die Gassen ging, in dem Versuch, mich zu beheimaten in dieser fremden Stadt, die Tüten voll Geld, da war ich noch für zwei unterwegs, noch wartete ich. Doch zu oft dachte ich an die durchtrennte Kehle, inzwischen habe ich kein Bild mehr von Schuld, ich habe kein Gewissen mehr, seither, ich kann mir keines mehr erlauben. Man tut viel, um nicht an sich zu verzweifeln, man tut viel dafür, richtig zu finden, was man tat, allein, um sich selbst ertragen zu können, allein, um sich beibehalten zu können, auch weiterhin.
Ich warte nun nicht mehr, mir gefällt es, allein hier zu sein, nur wenige Worte zur Verfügung zu haben, um etwas zu bestellen, um ein wenig den Kontakt von

Stimme zu Stimme aufrechtzuerhalten, jedoch keine großen Inhalte mehr besprechen, keine Lügen finden zu müssen, die mein Leben passend machen für die Ohren derer, denen ich mein Leben erzähle.

Wo ist das Geld, fragt Mercedes, ich nehme ihr das Glas aus der Hand. Ich lache über ihre Frage. Was man nicht alles tut, um sich beibehalten zu können, sage ich.

Die Frau nebenan ist alt. Immer lacht sie, als sei ihr kein anderer Gesichtszug mehr übrig geblieben nach all den Jahren Lebenszeit, als habe sie nur mehr dieses Lachen von sich in Erinnerung behalten, von dem sie nun konstant befallen ist. Die alte Frau nebenan wird ihr Augenlicht verlieren, heißt es, sie wird lachend ihr Augenlicht verlieren, vielleicht aber stirbt sie zuvor, sie wird lachend sterben, denn es ist ihr nur mehr dieser Gesichtsausdruck als einzige Möglichkeit geblieben, ein Wesen abzubilden. Es ist ein Lachen, das ihr Gesicht zur Chimärenfratze macht, ein Lachen, das ihr Gesicht verzerrt. Jeden Tag ein wenig mehr, so scheint es, frisst sich dieses Lachen, congelar, fressen sich die Falten dieses Lachens in ihre Haut. Die alte Frau nebenan ist der Grund dafür, dass das Haus nicht verkauft, dass die Wohnungen nicht renoviert werden, dass die Mieten immer noch günstig und die Fassadenfarben längst verblasst sind.

Ich gehe für die alte Frau nebenan einkaufen, ich darf als Einzige ihre Wohnung betreten, ich darf meine Wäsche in ihrer Maschine waschen. Vom Wirt habe ich mir die Tüten voll Geld aus dem Tiefkühlfach geben lassen, die Scheine sind kalt in der Hand, kalt in den Hosentaschen für einen kurzen Moment, sie nehmen dann meine Körpertemperatur an.

Ich bringe der alten Frau nebenan die Einkäufe, ich räume die Einkäufe für sie in die Regale, ich lege die Tüten voll Geld in die Schublade ihres Küchentischs.

Sie wird das Geld dort nicht finden, denn sie tut nicht mehr viel, sie unternimmt keine Handlungen mehr, die sie nicht jeden Tag unternimmt, der Blick in die Schublade des Küchentischs gehört nicht dazu.

Oft hört sie Radio. Sie sitzt stumm in ihrem Sessel und hört den Stimmen zu. Stellen Sie dann bitte mein Radio ab, sagte sie einmal lachend. Dann, fragte ich, sie nickte, ja, dann.

Die alte Frau nebenan ist misstrauisch. Wer nicht gut sehen kann, muss alles hören, ich muss die Stufen bereits kennen, bevor ich sie gehe, ich muss schon von Weitem wissen, wer mir gewogen ist, und da man dies nie genau wissen kann, nicht einmal aus der Nähe, ziehe ich es vor, niemandem zu begegnen. So ist es auch mit den Hunden. Auf die Entfernung kann ich beim besten Willen nicht erkennen, welcher Hund die Zähne fletscht, welcher wedelt, deshalb ist es besser, gleich die Straßenseite zu wechseln, sich also die Möglichkeit der Begegnung mit einem freundlichen Hund gar nicht erst einzuräumen. Sie verstehen das, auch Sie ziehen es vor, niemandem zu begegnen. Bei Ihnen klingelt nur selten jemand an der Tür, und höre ich einmal das Läuten, so habe ich zuvor die Tür und die Schritte des Nachbarn gehört, deshalb kann ich Sie in meine Wohnung lassen, als Gleichgesinnte, sagte sie einmal, sie sprach langsam und deutlich, respondona, und sie sagte es lachend, in geringschätzigem Tonfall.

Bis zu seinem Tod war ihr Mann Uhrmacher gewesen. Oft erzählt sie von ihm.

Die ganze Wohnung steht voll alter Uhren, el duelo, Pendeluhren, Uhren in goldenem Gehäuse, verzierte Uhren, Uhren aus Holz, aus Stahl, aus Silber und Messing. Als ihr Mann noch lebte, war aus jedem Zimmer der Wohnung mehrfach der Glockenschlag zu hören gewesen, zu jeder vollen Stunde fand ein Konzert der Uhren statt, und den ganzen Tag über hörte man das Ticken überall, das Ticken einer jeden Uhr, ein wildes Durcheinander der Sekunden, cuenta atrás, ein betäubendes Grundgeräusch, das kaum zu ertragen war.

Nachts aber lag die Wohnung im Stillstand. Jeden Abend hielt der Uhrmacher die Uhren an, um schlafen zu können.

Die alte Frau nebenan hat keine der Uhren jemals mehr gestellt oder aufgezogen, seit ihr Mann gestorben ist.

Das Ticken der Uhren ohne ihn, es käme mir unpassend vor, es wäre Hohn, würden die Uhren weiterlaufen, jetzt, ohne ihn, sagte sie einmal.

Ich sehe der alten Frau oft zu, wie sie geht, wie sie sitzt, wie sie nebenan aus dem Fenster sieht. Ich bleibe in meinem Versteck, und dieses Versteck ist die Entfernung zu ihr.

Und sehe ich die alte Frau, sehe ich in dieses vom Lachen entstellte Gesicht, sehe ich in diese stumpf werdenden Augen, so weiß ich nicht mehr zu antworten auf all die Wofür-Fragen, die man sonst so gut im Griff hat, denen man sonst nur dann begegnet, wenn man zu einsam ist oder zu lange schweigsam mit sich selbst.

Ich nehme die Küchenuhr von der Wand, ich entferne die Batterie, und ich stelle die Zeiger auf zehn nach zehn. Alle Uhren nebenan stehen auf zehn nach zehn. Die alte Frau hat es mir erklärt, zehn nach zehn ist ein Lachen im Uhrgesicht.

Ich höre die Tür des Nachbarn, ich höre seine Schritte im Hof, ich öffne ihm die Tür. Der Nachbar gibt mir einen Zettel, er setzt sich an den Küchentisch, er wartet. Ich lese den Zettel, ich kenne die Handschrift, ich setze mich dem Nachbarn gegenüber an den Tisch. Die alte Frau nebenan hört Radio. Eines Tages wird sie randalieren, sage ich, der Nachbar versteht mich nicht, sie war zu brav, ein Leben lang war sie viel zu brav, sage ich, sie wird randalieren eines Tages, ponerse hecho una fiera, sie wird ihren Kopf verlieren, denn sie war ein Leben lang zu brav, sage ich.

Was wäre wohl, wenn er jetzt an die Tür klopfte, wenn er jetzt in die Wohnung käme und den Nachbarn bei mir liegen sähe, ob er wohl Ansprüche erhöbe, ob ich darüber lachen würde, ich weiß es nicht.

Nichts in mir ordnet sich ihm mehr zu, ich gehöre ihm nicht mehr an, ich bin aus meinem Leben verschwunden, mein Telefon klingelt nicht mehr, hin und wieder denke ich einen Namen, und ich vermute ein vages Interesse an dem, was war, an denen, die mit mir waren, Sehnsucht jedoch kann ich das nicht nennen.

Ob ich nun wohl gerne Sehnsucht hätte, sage ich, der Nachbar schläft, er hört mich nicht, er atmet gleichmäßig, und ich nehme mir vor, an früher zu denken, ich nehme mir vor, an ihn zu denken, ich setze ihn zusammen.

Das Haar ist kurz, es wurde damals bereits grau, keine besonderen Merkmale, denke ich, und ich nehme mir vor, an seine Hände zu denken, in all ihrer Geschicklichkeit haben sie Abdrücke hinterlassen, Abdrücke, die ihn überführen.

Wir zahlen dafür. Ich habe viele Tage damit verbracht, mich an den Gedanken zu gewöhnen, alles und alle zurückzulassen. Ich habe Zugehörigkeit abgeschafft, ich habe Möbel abgeschafft, Fotos, Bücher, und ich konnte nichts erwarten von diesem neuen Ort, nichts habe ich hier vorgefunden, wir bezahlen dafür, sage ich.

Der Nachbar dreht sich zu mir hin, er umfasst mich, unsere Kleidung liegt vor dem Bett, niemand hier trägt weiße Hemden.

Man muss sich im Betrug einrichten, das heißt, man muss die Dinge umbenennen, man muss sich Werte außerhalb des allgemeinen Systems schaffen, Rituale. Es ist mühevoll, sich zu erklären, ohne darin eine Rechtfertigung vor sich selbst zu vermuten, man muss hehre Ansichten formulieren und pflegen, man muss sich im Abstrakten und Überhöhten aufhalten, um sich selbst nicht zu richten, in aller Heimlichkeit, hinter dem eigenen Rücken, um sich selbst nicht ein Bein zu stellen, meist dann, wenn es besonders still ist um einen herum, sage ich, der Nachbar setzt sich auf, er lacht, verstehe dich nicht, lacht er, und da sitzt er nun, und man tauscht Mund gegen Mund, man tauscht Vorstellung gegen Vorstellung, el putiferio, man tauscht Leben gegen Leben, und wie soll man sich denn da noch beim Wort nehmen, bei aller Verstellbarkeit, bei aller Vorstellbarkeit.

Es ist heiß, es ist bereits früh am Morgen heiß, die Touristen gehen langsamer, der Schatten wird zum

Lieblingsort aller, niemand sucht mehr die Sonnenplätze der Cafés, alles hält sich unter den Schirmen auf, morgens bereits, selbst die Tauben ziehen die dunklen Ecken der Stadt vor, die Bettler sitzen nun nicht mehr auf den großen Plätzen, sie bleiben in den schmalen, etwas kühleren Gassen.

Es ist heiß. Die Hitze gibt das allgemeine Tempo vor, die Hitze gibt die Tagesabläufe vor, die Kutscher bringen ihren Pferden Eimer voll Wasser, die Hunde hecheln, die Kinder stehen im Springbrunnen, es ist heiß, morgens bereits, und die Kinder haben rote Schultern, wie sie dort in den Springbrunnen stehen, rote Schultern, rote Nasen, die Mütter holen die Kinder aus der Sonne, die Mütter spannen Schirme auf, es ist heiß, die Alten bleiben zu Hause, die Fenster bleiben geschlossen, die Fensterläden bleiben geschlossen, die Alten treffen sich in den kühlen, dunklen Innenhöfen der Häuser. Man hört Stimmen aus den Innenhöfen, morgens bereits, und es ist heiß, selbst im Schatten ist es heiß, und man sieht nicht mehr die Augen hinter den Sonnenbrillen, alles liegt nun besser und lichtgeschützt im Dunkeln, liegt nun besser im Schatten, die Hunde hecheln, die Pferde atmen schnell, sie kauen auf den Mundstücken, dort, wo das Lederzaumzeug den Pferdekörper berührt, bildet sich weißer Schaum, so auch im Maul der Pferde, und es ist heiß.

Der Bürgermeister spricht im Fernsehen, er ermahnt uns alle, genug zu trinken, er rechnet Lebensweise in Liter um, er lächelt, er trinkt aus einem Glas Wasser, er rechnet Lebensalter in Liter um, campaña electoral, er trinkt aus einem Glas, er sagt, selbst er sei nicht mehr der Jüngste, und er nimmt noch einen Schluck Wasser aus dem Glas.

Ich bleibe in der Wohnung, ich sehe hin und wieder zu der Uhr, und es bleibt zehn nach zehn, der Nachbar schläft, es ist heiß draußen, ich bleibe in der Wohnung mit dem Nachbarn, und ich denke nicht über Bedeutung nach, es gibt keine Versprechen mehr zu halten, jetzt nicht mehr, nach all den Tagen, auch wenn es noch nicht ausgesprochen ist, es gibt keine Versprechen mehr einzuhalten, obwohl es Verträge waren, die ich viel mehr mit mir selbst und nicht nur mit ihm abgeschlossen habe. Es gibt nichts mehr einzuhalten, nach all den Tagen, so schnell geht das, dass einem die Versprechen abhandenkommen, dass einem alles abhandenkommt, was eben noch das Leben ausmachte.

Ich setze mich an den Küchentisch, den Zettel halte ich in der Hand, ich kenne die Schrift, ich lese die Worte langsam. Der Nachbar schließt die Tür, ich höre seine Schritte im Innenhof, ich höre seine Wohnungstür.

Mercedes ruft nach mir, sie steht auf der anderen Straßenseite, und sie ruft meinen Namen. Ich habe meinen Namen lange nicht gehört, ich bleibe stehen, ich lache darüber, nach so langer Zeit meinen Namen zu hören, in dieser Färbung, so laut und so deutlich, und die Hunde bellen, weil Mercedes ruft.

Wir gehen in den Park, la fidelidad, wir gehen den Kiesweg zwischen den Bäumen entlang, die Hunde rennen den Kiesweg auf und ab, es ist bereits sehr warm, zu warm für diese Uhrzeit, die Hunde lassen Mercedes nicht aus den Augen, immer wieder versichern sie sich unserer Laufrichtung, immer wieder kommen sie nah an uns heran, um sich dann erneut zu entfernen.

Mercedes geht langsam, sie verschränkt die Hände hinter ihrem Rücken, wie ein alter Mann gehst du, ganz in Gedanken und grimmig, auf dem Weg in seinen Irrsinn, sage ich.
Mercedes lacht darüber, die beste Methode übrigens, nicht verrückt zu werden, ist die, es nicht zu werden, sagt sie leise, und sie leint die Hunde an.

Auf dem Marktplatz streiken die Kutscher, die Pferde stehen vor dem Rathaus, sie sind nervös, sie verstellen den Weg. Der Bürgermeister kann das Rathaus nicht verlassen, die Kutscher streiken für elektrisches Licht, das sie bereits seit vielen Jahren brauchen, in den Stallungen vor der Stadt.

Mercedes beruhigt die Hunde, die Pferde werden nervöser, die Hunde bellen die Pferde an, die Hunde hecheln, die Kutscher rufen ihre Parolen, die Hunde bellen, weil die Kutscher rufen, die Pferde schnauben und treten auf der Stelle, sie werfen den Kopf in den Nacken, welch kleine Welt, diese Stadt, in der man für elektrisches Licht auf die Straße geht, welch friedliche, kleine Welt, sage ich. Die Sonne scheint auf die Stadt.

Mercedes geht mir voran, ich glaube, wir werden verfolgt, sagt sie, er sieht gut aus, schlank, graues Haar, er sieht tatsächlich sehr gut aus, und immer, wenn ich meine, ihn zu sehen, dann ist er bereits anderswo, sagt Mercedes, und sie geht mir voran, ich drehe mich um, ich sehe die Kutscher, die Pferde, el supuesto, ich sehe Polizisten, Passanten und Beobachter, ich sehe den Bürgermeister auf dem Balkon stehen, die Pferde sind nervös, die Kutscher rufen ihre Parolen, in der Sonne ist es heiß.

Ich denke an die Menschen, die ich zurückließ hinter der Schnittkante, ich suche nach Sätzen hinter der Schnittkante.

Versuche nicht, mich anzurufen, versuche nicht, mich zu finden, sagte er damals, entfernt höre ich die Sirenen der Krankenwagen.

Ich bin müde, es ist heiß, es ist so heiß, dass selbst die Dinge träge scheinen, ich bin so müde, dass ich stehen bleibe im Schatten, es ist ein kleiner, runder Schatten, der Schatten eines Vordachs, ich stehe und sehe in das helle Licht, ich erkenne kaum mehr etwas, ich bin müde, und es ist heiß, selbst die Dinge scheinen träge. Mein Körper dehnt sich aus, der Ring an meinem Finger lässt sich nicht mehr bewegen, ich fühle den Stein des Rings in der Handinnenseite, ich schließe die Hand langsam, ich bewahre den Stein in meiner Faust, es ist heiß, selbst die Dinge sind träge, sage ich, Mercedes steht nun neben mir, paliducha, es ist so furchtbar heiß, sagt sie, die Hunde hecheln, sie ventilieren in enormer Geschwindigkeit, was hältst du in der Hand, fragt Mercedes, ihr Gesicht glänzt, ihr ganzer Körper glänzt, den Stein, sage ich, und es ist so heiß, dass die Alten zu Hause bleiben, dass die Mütter ihre Kinder zu Hause behalten, dass der Straßenbelag weich wird, und vor Augen habe ich den Bürgermeister, der mahnend sein Wasserglas erhebt, die Hunde hecheln ihr dreistimmiges, von der Hitze gehetztes Lied, und es ist so heiß, dass alles träge scheint, ich bewahre den Stein des Ringes in meiner Faust, ola de calor, und meine Hand innen ist feucht, die Hunde hecheln.

Er ist nicht mehr hier, sagt Mercedes, lass uns ins Café gehen, in den Schatten, die Hunde brauchen Wasser, du bist blass.

Er kann nun nicht mehr in meinem Leben auftauchen, als sei es selbstverständlich, als sei nichts gewesen, als seien nicht viel zu viele Tage vergangen. Er kann nicht wie selbstverständlich einen Platz einnehmen, der ihm nicht mehr zusteht, nicht hier, nicht an diesem Ort, nicht selbstverständlich.

Es ist zu viel Zeit vergangen, ich hatte, unbeeindruckt von ihm, die Möglichkeit, über die Dinge nachzudenken, ohne dass er mir ins Wort fällt, ohne dass er mir in die Gedanken fällt, ohne dass er meine Hand hält bei jedem Schritt, den ich gehe, ohne dass er mir die Welt erklärt, auf dass ich die eigene vergessen möge.

Zu viele Tage hatte er keinen Zugriff auf meine Stimmlage, auf meinen Satzbau, auf meine Herzfrequenz, auf meine Haut. Meine Sätze richteten sich nicht an ihn, meine Idee von Liebe hatte nicht mehr ihn zum Gegenstand.

So schnell geht das, cambiar de ropa, so schnell wechselt man die Idee, das Glück, die Richtung, die Lust, die Sprache.

Ich lasse Mercedes in dem Café mit ihren Hunden und dem freundlichen Herrn, der sich zu uns an den Tisch gesetzt hat.

Ich betrete Mercedes' Haus, ich gehe die Treppe hinauf, ich warte darauf, dass es kühler wird.

Ich gehe zum Fenster, ich sehe auf die Straße. Keiner der Passanten sieht beim Gehen nach oben, meist sehen sie nach vorn.

Ich kann von hier aus die Gruppierungen gut erkennen, die Farbzusammenstellungen, die Geschwindigkeiten, die Marschrouten, von hier oben aus erkenne ich die alltägliche Choreografie der Menschen und Dinge, auch den Plan der Linien und Flecken, der Zeichen und Wunden, von oben sehe ich das ganze Puzzle aus Bewegungen, Begegnungen, aus Kästen, aus Gittern, Scheiben, Streifen, Kreisen, aus Säulen, Rahmen, Schatten und Kopfstein.

Von hier oben sehe ich, wie sich das Gedränge in der Gasse aufteilt, es gehen Gruppen und Paare, es gehen geschäftig die Frisierten, es gehen seitengescheitelt die Mädchen in spitzen Schuhen, sie gehen Hand in Hand, Paare gehen Arm in Arm, es gehen Mütter mit Kinderwagen, Kinder laufen vorweg, einer jagt einen, eine spricht und eine hört, und ich finde eine innere Logik, eine fast einstudiert wirkende Schrittfolge lenkt von rechts nach links, von links nach rechts, bepackt, eilig, untergehakt, lachend, untergehakt, eilig, schlendernd, eilig, untergehakt, Hand in Hand, umschlungen, eilig, zu zwölft, plaudernd, eilig, untergehakt.

Oben stehe ich und sehe zu, und alles ist von Grund auf verständlich, die Richtungen, die Geschwindigkeiten, die Geräusche.

Er ist ein grauer Punkt. Er geht langsam, er stört, man geht ihm aus dem Weg, man überholt ihn, die Gruppen brechen sich an ihm, die Mädchen gehen zur Seite, er geht langsam, er ist ein grauer Punkt, und auch er sieht nicht nach oben.
Ich rufe seinen Namen, ich rufe ihn laut, sein Name gehört nicht hierher, er hört mich nicht, er ist ein grauer Punkt, er gehört nicht hierher, er ist nicht mehr zu sehen.

Und viele Hinterköpfe sind kahl, und Hunde gehen an Leinen, ich sehe Hüte, Kopftücher, Schirmmützen, und ältere Herren gehen langsam, wie ihre älteren Damen gehen, und Freundinnen schlendern und Kinder rennen, und nichts stört mehr den Ablauf, die Bewegung, das Bild von oben.

Ich sehe Mercedes, drei rote Linien gehen von ihrer Hand aus, und die roten Linien verbinden Mercedes mit drei Hunden, der freundliche Herr, der sich zu uns an den Tisch setzte, geht neben ihr, sie sprechen, sie lachen, die Hunde zerren an den Leinen, ihre Wege kreuzen sich, die Leinen verbinden sich und streben auseinander.

Mercedes bleibt stehen, sie öffnet die Tür, er geht mit ihr in das Haus, ich höre die Hundepfoten auf den Stufen, ich höre Mercedes' Schritte, ich höre seine Schritte. Der freundliche Herr betritt nach Mercedes die Küche, die Hunde sind aufgeregt, sie riechen mich, ich bleibe still hinter der Tür, Mercedes wirft die Schlüssel auf den Tisch, sie öffnet Wein, sie ruft ihm etwas zu, sie lacht, sie verlässt die Küche, die Hunde sitzen vor mir, sie wedeln und sehen mich an, dann gehen sie aus der Küche.

Es ist still in dem Haus, ich höre Mercedes, ich höre den freundlichen Herrn, sie werden gemeinsam lauter.
Die Hunde sehen mir zu, wie ich leise die Tür schließe, ich gehe die Gassen entlang, ich sehe mich von oben, ich sehe mich gehen.

Ich wähle die Nummer meiner Mutter. Sie räuspert sich am Telefon, bevor sie ihren Namen sagt. So tat sie es immer schon, la infancia, ich lache darüber, dieses Räuspern, bevor du deinen Namen sagst, lache ich. Meine Mutter lacht nicht, du lebst also noch, sagt sie, und dann legt sie auf.

Ich sehe mich von oben, ich sehe mich stehen in dem Zimmer, diese Perspektive trage ich nun im Kopf. Als sei ich versehentlich auf eine Funktionstaste gekommen, lässt sich dieser Blick auf mich nicht mehr abstellen.

Du lebst also noch, sage ich, und ich sehe mir zu, wie ich es sage, in der Mitte dieses Zimmers, exakt in der Mitte stehe ich, du lebst also noch, murmle ich, und ich lehne mich an die Wand, ich sage diesen Satz vor mich hin, und jeder hat seine eigenen Verse, jeder bildet seine Verse hier aus den eigenen kleinen Belangen. Du lebst also noch, sage ich vor mich hin, an die Wand gelehnt, du lebst also noch.

Ich weiß nicht, weshalb er sich mir immer wieder zeigt, auf diese seltsame, bedrohliche Weise, weshalb er nicht einfach zu mir kommt, um mit mir zu sprechen, um das Geld zu nehmen und zu gehen oder um mir zu sagen, dass er bleibt, dass wir genug Geld haben, um zu bleiben, ich weiß nicht, weshalb er mir Zettel schreibt, ohne sich wirklich an mich zu wenden.

Vielleicht ist es Vorsicht, ich weiß es nicht. Was wir wirklich können müssen, ist, dem anderen zu glauben, das hatte er gesagt, er hatte mich dabei angesehen. Er wird kommen, er sagte es, geh nur, warte nicht, aber sei gewiss.

Ich bin mir gewiss, er wird kommen, er wird seinen Teil einklagen, ich werde darauf gefasst sein, denke ich, und ich sehe mich an der Wand lehnen, von oben sehe ich mich in diesem Zimmer, mit der Schulter an die Wand gelehnt. Außer mir ist niemand hier, sage ich, und ich lache darüber, denn man hat einen guten Überblick von oben.

Ich höre die Stimme der alten Frau nebenan, ich höre die Stimme des Nachbarn, ich kann den Stimmen Gesichter zuordnen, ich kann verstehen, was sie sagen. Ich kann mir seine Stimme hier nicht vorstellen.

Ich wähle die Nummer meiner Mutter. Meine Mutter räuspert sich, bevor sie ihren Namen sagt.

Du gehst also noch einmal ans Telefon, sage ich ihr, du hast mich zu lange warten lassen, antwortet sie und legt auf.

Der Nachbar zieht mich über den Hof, komm, sagt er, und er zieht mich in seine Wohnung, er zieht mich in die Küche, atraer, dort steht ein Bügelbrett, dort liegen seine weißen Hemden, sieben, sagt er, für jeden Tag der Woche eines, sage ich. Ich nehme ein Hemd aus dem Korb, ich bügle das Hemd, der Stoff erscheint noch weißer, so ganz ohne Faltenschatten, sage ich, der Nachbar versteht mich nicht, Faltenschatten, wiederholt er, und er sieht mich an.

Der Nachbar sagt, er könne gut bügeln, weil er stets selbst bügle, er sagt, ich solle bei ihm bleiben, er würde für uns beide bügeln, das würde ihm nichts ausmachen, ich solle mich nicht mehr sorgen, um nichts mich sorgen, ich solle das Geld weggeben, bleib, sagt er.

Der Nachbar zieht den Stecker des Bügeleisens, er kommt zu mir, ich stelle dir keine Fragen, wenn du das Geld weggibst, sagt er, dann legt er mir den Zettel in die Hand.
Eine Uhrzeit steht auf dem Zettel, ein Ort, ein Tag. Es ist seine Handschrift, ohne Zweifel.

Ich werde nicht dort hingehen, er kann hierherkommen, er kann klingeln, ich öffne die Tür, er kommt über den Hof, wie jeder über den Hof käme, so ist das und nicht anders, sage ich, der Nachbar versteht mich nicht.

Ich sehe mich stehen, dem Nachbarn gegenüber, el tablado, vielleicht mir zum Schutz, denke ich plötzlich, der Nachbar steht nun nah bei mir, bleib, sagt er, vielleicht will er nicht zu mir nach Hause kommen, mir zum Schutz, sage ich, und ich sehe mich stehen, von oben sehe ich mich stehen, espectadora, ich sehe uns von oben, ich schließe die Augen, ich kann nicht aufhören, uns von oben zu sehen.

Der Nachbar entfernt sich, ich öffne die Augen, ich weiß nicht, wie man sich Gewissheit zur Verfügung stellt, das liegt an mir, ich weiß nicht, wie ich mir selbst gewiss sein könnte, sage ich, der Nachbar versteht mich nicht, bleib, sagt der Nachbar, und er zieht das von mir gebügelte Hemd an.

Sobald es dunkel wird, füllen sich die Gassen, sobald es dunkel ist, geht auch der Wirt mit seinem Hund nach draußen.
Der Hund kann nicht still sein, während er geht. Sobald er den ersten Schritt tut, bellt er, und er hört mit dem Bellen erst dann wieder auf, ist er nicht mehr in Bewegung.
Der Wirt bleibt oft stehen, und immer wieder versichert er den Passanten, er stehe nicht etwa, weil er schlecht zu Fuß sei, er müsse nur hin und wieder die Ohren aus-

ruhen, verdammter Köter, sagt der Wirt, seinem Hund zugewandt, dann gehen sie weiter, und der Hund bellt, und der Wirt flucht, es ist kühler geworden.

Ich gehe ein Stück mit ihm, der Hund bellt, der Wirt kommt mit seiner Stimme kaum gegen den Hund an, es ist ein Kreuz mit dem Vieh, ruft der Wirt, seiner Frau habe das Tier gehört, seine Frau jedoch, die sei gestorben, und sie habe den Hund nicht mitgenommen, nein, sie habe ihm den Hund gelassen, diesen bellenden, schlecht riechenden Hund der Hölle ihm hier auf Erden gelassen. Der Wirt ruft, er wolle ihm die Stimmbänder entfernen lassen, aber das sei nicht gestattet, er fragt, ob ich weiß, was Stimmbänder sind.
Der Wirt lacht, am liebsten würde ich den Hundekopf über den Tresen an die Wand hängen, neben den Kopf der schwarzen Kuh, lacht der Wirt, der Hund bellt.

Es ist dunkel, die Stadt ist in Bewegung, man hört Stimmen in den Gassen, man hört die Touristen ihre Sprachen sprechen, und so mischt sich Sprache unter Sprache in allen Gassen.
Wirst du bleiben, bei deinem Nachbarn, fragt der Wirt, der Hund bellt, dein Nachbar ist mein liebster Gast, fügt der Wirt hinzu, und mein bester obendrein, sagt er, und es ist kühler geworden, der Wirt bleibt stehen, der Hund ist still, und Sprache mischt sich unter Sprache in allen Gassen.

Als meine Frau vergesslicher wurde, da hatte ich die Hoffnung, sie würde den Hund eines Tages einfach vergessen, vor dem Supermarkt, im Park, im Bus, sie vergaß viel, ihn jedoch vergaß sie nie, sagt der Wirt.

Mercedes sieht müde aus, sie geht ein Stück mit uns, der Hund bellt, der Wirt schüttelt den Kopf, Mercedes hat wildes Haar heut, ich sehe sie an, ihre Stirn glänzt ein wenig, hast wildes Haar, sage ich, Mercedes nickt, so fühlt es sich an, ganz wild, von der Wurzel bis in die Spitzen, lacht sie, der Wirt versteht uns nicht, der Hund bellt.
Der Wirt bleibt stehen, wir alle bleiben stehen, niemand sagt etwas, der Wirt ist dankbar dafür, diese Ruhe, lacht er dann, der Hund bellt aus dem Stand heraus, ein einziger Laut, dann setzt er sich, dann legt er sich dem Wirt zu Füßen, der steht nicht wieder auf, sagt Mercedes leise.

Komm zu mir, das schreibe ich auf einen Zettel, ich falte den Zettel, wie auch er die Zettel faltet, er wird meine Handschrift erkennen, der Nachbar nickt, er legt den Zettel auf den Tisch neben der Wohnungstür.

Ich habe niemals jemanden gebeten zu bleiben. Ich würde dieses Wort gerne sagen, so, wie der Nachbar es sagte, bleib, ohne einen Satz voranzustellen, ohne einen Satz nachzusetzen, el contento, ohne Zwischenzeile, ohne Zögern.

Ich sehe den Nachbarn an, dieses Wort an jemanden richten, das würde ich gerne, sage ich, der Nachbar sieht mich an, für alle Tage, sagt er, und er wendet den Blick nicht ab.

Ich gehe über den Hof, ich bleibe stehen, die alte Frau nebenan hört Radio, sehr laut hört sie Radio, schon seit Stunden. Die Tür ist nicht verschlossen. Ich gehe durch ihre Räume, sie sitzt auf dem Stuhl in der Küche, klein ist sie, in sich zusammengesunken, das Radio läuft sehr laut, seit Stunden.

Ich setze mich ihr gegenüber an den Tisch, sie spielen Flamenco, ein Sänger beklagt sich, eine Sängerin stimmt ihm zu.

Ich sehe die alte Frau lange an. Ich weiß nicht, ob man es Lachen nennen kann, ihr Gesicht ist stehen geblieben, was sie wohl in dieser Lautstärke hörte, als ihr Gesicht auf diese Weise stehen blieb, denke ich, und ich schalte das Radio ab.

Ich setze mich an den Tisch zurück, und ich sehe die alte Frau an. Ich weiß nicht, ob ich ihre Augen schließen soll, ich weiß nicht, ob ich etwas gegen den offen stehenden Mund tun soll, sie sieht verblüfft aus, verwundert, vielleicht über diesen letzten Moment, den sie sich anders vorstellte, nicht hier, nicht während der Nachrichten oder während der Wettervorhersage. Sie sieht erstaunt aus, die alte Frau mir gegenüber, es ist still. Ich sehe auf die Uhren, die überall in der Küche stehen und hängen, zehn nach zehn, denke ich, und ich gehe um den Tisch herum.

Ich schließe die Augen der alten Frau, und all das Erstaunen verschwindet, mit dem Schließen der Augen ist das Gesicht nun das Gesicht einer Toten. Ich versuche die Augen der alten Frau wieder zu öffnen, es gelingt mir nicht.

Ich setze mich der alten Frau gegenüber an den Tisch. Sie sitzt vor der Schublade, ich werde die Schublade nicht öffnen können, ohne ihren Körper zu bewegen. Ich muss ihren Körper beiseiterücken, um die Schublade öffnen zu können, das sage ich mir immer wieder leise vor. Es ist warm in der Wohnung, ich werde nicht lange hier bleiben können, ich werde die Polizei rufen müssen.

Doch wenn ich ihren Körper beiseiterücke, um die Schublade zu öffnen, um das Geld zu nehmen, um es nach drüben zu bringen, bevor ich dann die Polizei verständige, rücke ich die alte Frau dann wieder in ihre ursprüngliche, finale Position zurück?

Ich sitze der alten Frau gegenüber, und ich sehe, was übrig bleibt, bevor gar nichts mehr übrig bleibt. Ich sehe in dieses Gesicht, ich sehe die Hände, den Mund. Und wenn man es auf diese Weise betrachtet, nicht nur das Tote, sondern eben alles betrachtet, das dem voranging, vom ersten Tage an dem Sterben voranging, und mit welchem sicheren Ausgang alles geschieht, so gehen einem die Gründe aus, so geht einem alles aus, so weiß man kein Wort mehr zu finden, in keiner Sprache, kein Wort, das Sinn hätte, hinter oder vor einem anderen.

Ich ziehe die alte Frau mitsamt dem Stuhl ein Stück zur Seite, ich kann nun die Schublade öffnen, das Geld liegt in gleich große Stapel sortiert, mit roten Samtbändern zusammengebunden in der Schublade.

Die alte Frau ist vom Stuhl gefallen, sie liegt nun am Boden, und ich weiß nichts zu tun, ich nehme zwei Tüten und lege die Geldstapel hinein, ich stelle das Radio an, etwas leiser als zuvor, dennoch laut, dann gehe ich hinüber in meine Wohnung.

Ich höre das Radio, ich höre nichts als das Radio nebenan.

In der Nacht dann höre ich Stimmen im Innenhof, ich höre Schritte und Rufe, das Blaulicht ist an der Hauswand zu sehen, die Gasse ist voll Menschen, der Leichenwagen hält, und Sprache mischt sich unter Sprache, eine warme Nacht, sagt jemand, eine besonders warme Nacht, sage ich, und jemand nickt, ja, zum Weinen.

Ich entferne eines der Samtbänder. Ich lasse es in den Müll fallen, dort liegt es gut sichtbar, ich kann den Blick nicht abwenden, ein von der alten Frau nebenan extra für den Geldstapel zugeschnittenes rotes Samtband liegt in meinem Müll, sage ich, als sei jemand bei mir, in einem der anderen Zimmer, im Schatten der Wohnung.

Wie eine Wächterin saß die alte Frau nebenan vor der Schublade des Küchentischs. Sie hielt dort Wache, um sich den unverhofften Reichtum zu bewahren, gezählt und sortiert, war er durch das rote Samtband zum Gegenstand ihrer Welt geworden, ocupar, und die alte Frau nebenan, sie saß stundenlang vor der halb geöffneten Schublade, demasiado caliente, das Rot der Bänder war gut zu sehen, sie vergewisserte sich immer wieder, sie blieb auf diesem Stuhl, als Wächterin blieb sie dort, bei laufendem Radio, und sie wusste vermutlich nicht, wann sie all das Geld noch ausgeben könnte, aber keinen der Scheine wollte sie verlieren, so stelle ich es mir vor.

In Unruhe geraten war ihre Gelassenheit, all ihre Bescheidenheit war in Unruhe geraten zu guter Letzt, es ist zu spät, wird sie gedacht haben, mit Blick in die halb geöffnete Schublade, zu spät, zu spät, so stelle ich es mir vor.

Und traurig ist, denke ich, dass die alte Frau nebenan

nicht auch ohne das gefundene Geld unbedingt am Leben hätte bleiben wollen.

Und traurig ist, dies zu denken, all diese Unterstellungen der Gier, all diese Gedanken, die ich mir um die anderen mache, hasta reventar, nur um mich selbst nicht zu richten.

Bleib, hat der Nachbar gesagt, gib das Geld weg und bleib. Und wo nun könnte ich ihm diese Gier nachweisen? Wohl in dem Wunsch, ich möge bleiben.

Auch er, denke ich, und ich nehme die Tüten, auch er, denke ich, und ich gehe aus dem Haus.

Ich gehe durch die Gassen, und ich weiß nicht, wohin, und es ist heiß, die Stadt ist stumm, sie liegt unter der maßlosen Sonne als flach atmendes Gebilde, und jemand drückt Kieselsteine in den weichen Asphalt, zu früh für Bewegung, denke ich, und ich gehe durch die Gassen, ich weiß nicht, wohin ich gehe, zu früh, denke ich, zu früh.

Der Wirt sitzt auf einer Bank im Schatten, du solltest ruhen, um diese Zeit, sagt er, der Hund liegt neben ihm, das Tier hechelt schnell, Tropfen fallen von seiner Zungenspitze. Er riecht nicht gut heute, mein alter Hund, sagt der Wirt, ich konnte nicht im Haus bleiben, so sehr stinkt er, dieser Köter, sagt der Wirt, und er zieht freundschaftlich dem Hund am Ohr.

Zu heiß für alte Hunde, sage ich, verdammt wahr, lacht

der Wirt, dann sieht er auf die Tüten in meiner Hand, gehst mal wieder mit deinem Geld spazieren, verstehe einer die Frauen, sagt er, und er zieht freundschaftlich dem Hund am anderen Ohr.

Ich sehe auf die Zunge des Hundes, sie bewegt sich mit der Atmung, die Tropfen fallen von der Zungenspitze, quedar, auf den Boden unter seinem Maul. Ich zähle die Tropfen, ich sehe auf die Zunge des Hundes, ich sehe seine müden Augen, ich beuge mich zu ihm hin, er stinkt wirklich, aber so ist das eben, sage ich. Der Wirt lacht, ich verkauf ihn dir, lacht er, gib mir eine deiner Tüten, ich gebe dir den Hund, den bellenden, treuen Begleiter.

Ich werde ein Haus kaufen, sage ich. Der Wirt nickt, wir kommen dich besuchen, sagt er.

Der Hund hechelt, der Wirt lehnt sich zurück, er hält die Arme im Nacken verschränkt, die Leine liegt ihm zu Füßen, der Hund, resignado, liegt ihm zu Füßen, der Wirt schließt die Augen, ein Haus kaufen, sagt er, was sonst sollten wir wollen, als ein Haus zu kaufen, aber bleiben ist immer genauso falsch, wie es falsch ist, nicht zu bleiben. Das wird sich nicht ändern, auch im Zurückblicken nicht, sagt der Wirt, der Hund steht vor ihm, er sieht ihn an, er wedelt.

Ich bin hier geblieben, sagt der Wirt, und jedem erzähle ich, dass es ein glückliches Leben war, so wie ich es glücklich nennen würde, wäre ich nicht geblieben, wäre ich gegangen und hätte meine Zeit an einem anderen Ort verbracht. Dein Haus für zwei Tüten wird nicht sehr groß sein, sagt er.

Ich weiß, dass du hier wegwillst, sage ich.

Mercedes sieht mich an, sie setzt die Sonnenbrille auf, ich will nicht weg, sagt sie, und sie legt die Sonnenbrille auf den Tisch, zu dunkel, zu hell, das richtige Licht für mich, das gibt es nicht auf dieser Welt.

Ich kaufe dein Haus, sage ich, und ich lege die Tüten auf den Tisch. Mercedes sieht in die Tüten hinein. Rote Samtbänder, welch Ordnung, sagt sie.

Ich kaufe dein Haus, du nimmst das Geld, so kannst du endlich diesen Ort verlassen, sage ich, Mercedes steht sehr nah bei mir, sie lehnt sich mit ihrem ganzen Körper an mich, gleich groß, sagt sie leise, und sie umfasst mich, ich wollte niemals weg von hier, sagt sie, hier habe ich, was ich brauche, vier Schwestern, du weißt schon.

Wer vier Schlösser an die Tür schraubt, der will nicht weg, sagt Mercedes nach einem Moment, sie dreht mir den Rücken zu, a la altura del ojo, ihr Nacken ist sehr warm.

Mercedes setzt die Sonnenbrille auf, für seine Hälfte des Geldes bekommst du das untere Stockwerk und das Zimmer mit dem Balkon, lacht sie, mit allen Möbeln, sage ich, und ich gebe ihr die Tüte.

Die Gassen sind mir vertrauter geworden, es gibt Stimmen, die ich wiedererkenne, jeden Tag finde ich neue Worte, um ein wenig mehr zu verstehen, um mich ein wenig mehr verständlich zu machen.

Ich wiederhole Worte, aus der Menge herausgehörte, aus einer Unterhaltung aufgeschnappte, zwischen Kindern hin und her gerufene Worte, ich wiederhole sie, so wie ich Wege wieder und wieder gehe, um Gewohnheit und Stimmlage einzuüben. Ich gehe über die Plätze in der Geschwindigkeit der Ortsansässigen, traspapelar, dennoch wechsle ich als Fremde den Ort an einem Ort, dem ich noch nicht angehöre.

Ich packe meine Dinge ein, ich nehme Koffer und Taschen, ich trage Dinge von hier nach dort, der Nachbar hilft mir dabei, auch er trägt Dinge von hier nach dort, und ich lache darüber, so viele Taschen, wo kommt all der Kram nur her, lache ich, die Stirn des Nachbarn glänzt.

Ich richte mich ein, meine Dinge liegen nun in den Schubladen anderer Schränke, ich sitze an einem anderen Tisch, auf einem anderen Stuhl, ich sehe durch ein anderes Fenster auf andere Gassen.

Ich höre die Hunde in der Küche gehen, höre die eiligen Schritte von zwölf Hundepfoten auf dem Steinboden, die Schritte von Mercedes sind nicht zu hören. Ich gehe in das Zimmer mit Balkon, es ist mein Zimmer mit Balkon, ich sehe auf die Gasse, ich beobachte die Frauen in ihren Kleidern, in ihren engen Blusen, ich sehe ihnen zu, wie sie gehen, meist unsicher auf ihren hohen Absätzen, meist sehr gekonnt unsicher. Ich sehe den Frauen zu, den jungen Mädchen, den Müttern, immer Mutter, denke ich, immer Postbeamtin, immer Ehefrau, immer Fachverkäuferin, immer beste Freundin, denke ich, und ich sehe den Frauen beim Gehen zu, und ich habe den Ort gewechselt, in einer Stadt, der ich nicht angehöre, in der ich noch keine Mitsprache habe.

Zu dunkel, zu hell, das richtige Licht für mich, das gibt es nicht auf dieser Welt, ruft Mercedes, und eine Tür fällt zu, kein Hund ist mehr in der Küche zu hören.

Ich stehe auf dem Balkon und ich sehe den Männern beim Gehen zu. Immer Bauherr, immer Metzger, immer Architekt, denke ich, und ich sehe den Kindern beim Laufen zu.

Ich weiß nicht, wie man sich Gewissheit zur Verfügung stellt, piensa el ladrón que todos son de su condición. Noch ist es zu früh für Whisky, eigentlich zu früh. Ein Wort nur hinzugefügt, entscheidet über den Zustand, inevitable, eigentlich zu früh, und das Wort eigentlich beinhaltet all den Whisky, den ich bereits trank.

Und es funktioniert, la inconstancia, das bisherige Leben aus den Augen zu verlieren, zu verleugnen, la felonia, was eben noch Erkenntnis war. Der Wirt stellt grimmig das Glas auf den Tisch, zu früh für Whisky, sagt er.

Jedes Vorhaben lässt sich vergessen, jeder Leitsatz lässt sich gegen einen anderen austauschen, in jedem Moment des Lebens. Was wir wirklich können müssen, ist, dem anderen zu glauben, das hatte er gesagt. Gemessen an dem, was wir über uns erzählen, sind all unsere tatsächlichen Leben nicht mehr als eine Miniatur. Sei gewiss, das hatte er gesagt. Ich lebe also noch. Es gibt auf dieser Welt nicht das richtige Licht für unsere Augen, zu hell, zu dunkel, einfach nicht verrückt werden, la hija, das ist der Trick, keinen Namen haben und eine Tüte voll Geld für alles, was in Zukunft bezahlt werden muss.

Bleiben ist genauso falsch, wie nicht zu bleiben, vivir para ver, und am Ende erzählt man vom gelungenen

Leben, während dem Hund der Speichel von der Zunge tropft. Ob es in den schmalen Gassen eines kleinen Ortes stattfand oder zwischen großen Kreuzungen einer großen Stadt, ein gelungenes Dasein wird man sich immer bescheinigen können. Sei gewiss, das ist unser Plan, einander zu glauben.

In einer Fremdsprache zu leben, das macht auch den Betrug einfacher, die Sätze bleiben unformuliert, mit Mühe trifft man Aussagen über den Inhalt, mit Mühe hält man die Zeiten ein, die Fälle, das Sprechen ist reduziert auf Bestellung und minimale Höflichkeit. Die Details kommen nicht vor. Die Präzision, el cotejo, kommt nicht vor. Ich denke an Sevillas Gassen, la marejadilla, niemand wird mich hier suchen, niemand wird mich hier finden, me borro, ich halte still, me pinto, ich weiß nicht, was das heißt, durchtrennte Kehle, ich kenne diese Worte nicht, ich habe mich in eine andere Sprache gerettet, timar, und was wir wirklich können müssen, außer stillzuhalten, ist, dem anderen zu glauben, das ist es, was uns das Leben retten könnte, was uns das Leben letztlich jedoch zur Enttäuschung macht, denn wie könnten wir einander glauben bei allem, was wir über uns selbst und also über das Menschsein wissen, en el fondo.

Ich brauche mir das Geräusch der aneinanderschlagenden Eiswürfel im Glas nicht vorzustellen, ich höre es. Ich sehe es genau, wie sich die Eiswürfel aneinander stoßen, wie sie an den Rand des Glases stoßen. Was ist eine Stadt? Was ist ein Haus, ein Zimmer, el sueño, was ist eine Treppe, ein Hausflur, ein Stadtteil, was wäre diese Stadt ohne diese Hitze, was ist Hitze?

Ich habe meine Muttersprache, ich habe sie stets unausweichlich zur Verfügung, sie steht hinter jedem Satz, den ich zu formen versuche, durchtrennte Kehle bleibt mir unübertragbar in diese jetzige Welt. Ich werde nicht nachschlagen im Lexikon, durchtrennte Kehle jedoch bleibt im Wortschatz, bleibt im muttersprachlichen Hinterkopf, bleibt als Buchstabenbild, und ich sehe die Eiswürfel, ich höre sie aneinanderschlagen, durchtrennte Kehle, nicht zu vergessen, auch im Schweigen nicht, nie.

Ob es ihm wohl ebenso geht? Was bedeuten ihm diese Worte, durchtrennte Kehle, die seit jener Zeitungsmeldung mein Leben bestimmen, die mir nun ewige Überschrift sind, die jedem meiner inneren Texte ohne Gnade voranstehen. Was halte ich von ihm? Wenn einer sein Leben damit verbringt, zu betrügen, wenn einem das Betrügen anderer Menschen zur täglichen Arbeit, zur täglichen Handlung, zur Haltung gegenüber sich selbst geworden ist, wie hält er's dann mit sich in den Momenten, in denen man die eigenen Stimmen ganz genau hören kann, weil die Stadt Feierabend hat, weil der Rausch nachlässt, weil die Freundin eingeschlafen oder der Sonntagnachmittag besonders still ist, wie hält er's mit sich in diesen Momenten, in denen man keine kluge Lüge für sich parat hat?

Ich höre die Eiswürfel aneinanderschlagen.

Er erzählte von seiner Pistole, die er in einem Schließfach aufbewahrt. Die kann mir Ärger bereiten, sagte er, ich habe nicht das Recht, eine Waffe zu besitzen, da werden sie grob, sagte er, und er zeigte auf den Schlüssel in einem Aschenbecher. Schließfachnummer eins drei eins, eine Zahl ohne höhere Bedeutung, das war mir wichtig, ein beliebiges Schließfach für die Waffe, deren Kugel mir eines Tages vielleicht durch den Kopf rast, wie ein plötzlicher Einfall, sagte er.

Aber wer würde im Leben, wie es ist, ausharren, wäre der Tod minder schrecklich, heißt es. Aber wer könnte auch nur den Gedanken an den Tod ertragen, wäre das Leben eine ungebrochene Freude, heißt es. Und so haben wir es uns gut eingerichtet, das haben wir uns praktisch zurechtgedacht, und die Eiswürfel schlagen aneinander, ich sehe die Eiswürfel im Glas, zu viel Eiswürfel, rufe ich, der Wirt nimmt mir das Glas aus der Hand, zu früh, sagt er, und er stellt die Stühle um die Tische auf, das Geschäft deckt die Kosten nicht, niemals, sage ich, der Wirt gibt mir den Besen, zu früh für Whisky, sagt er.

Beihilfe, Komplizenschaft, Mitwissende, Ausführende, das Dulden einer Straftat, das Decken einer Straftat, el oral, sich gewöhnen an Straftaten, die Mitschuld, die Schuld, all diese Worte bleiben unübersetzt.

Ich weiß nicht, wie lange es durchzuhalten ist, ich weiß nicht, andarse por las ramas, ob es gelingt, mir eine Sprache der Vermeidung zu bewahren. Täglich lerne ich Worte, degollar, ohne es zu wollen, sie nisten sich heimlich bei mir ein, degollar, wie ein Virus erwischen sie mich auf der Straße, im Hausflur, beim Radiohören, beim Bäcker, auf dem Platz, degollar.

Ich rechne jede Minute mit ihm, ich gehe nur mehr selten aus dem Haus, oft stehe ich auf dem Balkon und warte. Oder ich sitze auf dem Bett, ich höre Rufe, ich höre Geschirr, ich höre den Fernseher, die Hunde, eine Tür, ein Fenster, ich höre Mercedes, manchmal allein, manchmal mit einem Besucher.

Oft stehe ich auf dem Balkon, es ist heiß, auch nachts noch, ich stehe und ich warte auf ihn, ich rechne mit ihm, jede Minute, und so ist er bei mir, als wäre er bereits an meiner Seite, cortar el cuello, als ginge er mit mir jeden Schritt, den ich gehe, jeder noch so stille Gedanke ist bevölkert von ihm, jeder Versuch, etwas anderes zu tun, als zu warten, wird durch seine Abwesenheit zunichtegemacht.

Mercedes lacht über mich. Was stehst du hier die ganze Nacht, lacht sie, sie zieht mich vom Balkon ins Haus zurück, setz dich zu mir, wir reden, es ist zu heiß, um zu schlafen, man gewöhnt sich an die Hitze nicht, sagt sie, da kannst du auf dem Balkon stehen, so lange du willst.

Ich gehe hinter ihr in die Küche, ich vermisse, sage ich, ich vermisse es, das Land wechseln zu können, auch wenn ich das Land gar nicht wechseln will, ich vermisse ein einfaches Telefongespräch mit einem Freund, ein nicht weit reichendes, einfaches Gespräch über gemeinsame Vergangenheit, diese kleinen Geschichten, die man sich unter Freunden immer wieder erzählt, um sich daran zu erinnern, dass man Freund ist miteinander. Ich vermisse, und das schwächt mich, und so stehe ich auf dem Balkon und warte, ich bestätige mir, dass nichts geschieht, dass alles bleibt, wie es ist, ich weiß, weshalb ich hier bin, alles ist gut zu ertragen, aber ich vermisse.

Mercedes sieht mich an, damit hast du nicht gerechnet, dass auch du nur ein kleiner Mensch aus den Kleinermenschzutaten bist, sagt sie. Mercedes bringt zwei Löffel, sie stellt Marmeladengläser auf den Tisch, sie öffnet ein Glas nach dem anderen. Los, sagt sie, und sie gibt mir einen der Löffel, wir werden nun die Marmeladen meiner Mutter probieren, sieben Jahrgänge, aber glaube mir, die Marmeladen meiner Mutter schmecken so schlecht, dass nicht einmal die Hunde davon haben wollen, vielleicht überleben wir nur mit Schnaps.

Ihn jedoch vermisse ich nicht, das schwächt mich auch, sage ich, Mercedes schließt die Augen, was für ein Graus, sagt sie, und sie legt den Löffel auf den Tisch. Ich habe ihn so sehr geliebt, dass ich ihn jetzt vermissen müsste, ich müsste mir Sorgen machen um ihn, aber ich denke lediglich darüber nach, wie ich ihn loswerde, sobald er endlich hier erscheint. Ich kann es kaum erwarten, ihn loszuwerden, wäre er nur endlich hier, und auch das schwächt mich, dass ich so bin, sage ich, und ich schließe die Augen, was für ein Graus, sage ich, und ich lege den Löffel auf den Tisch.

Ich habe ihn größer in Erinnerung. Seine Haut ist fahl, ich habe ihn schöner in Erinnerung, inventar una historia, ich habe seine Stimme tiefer in Erinnerung.

Er steht vor mir, wie aus dem Nichts, sage ich, und er lacht darüber, wie aus dem Nichts, wiederholt er.

Dein ehemaliger Nachbar wusste, wo ich dich finde, sagt er, und er geht an mir vorüber, er geht die Treppe hinauf, rechts, sage ich, und ich schließe die Haustür.

Wir stehen auf dem Balkon, nebeneinander. Erzähl mir, wie es dir hier ergeht, sagt er, ich sehe ihn an, ich habe dich größer in Erinnerung, denke ich, inventar una vida, ich sehe ihn an, wie er hier steht, neben mir auf dem Balkon, es ist heiß, auch jetzt noch, es ist spät, ich bin müde, er steht neben mir, und ich habe kein Bedürfnis, mit ihm zu sprechen, ich habe kein Bedürfnis, ihn zu küssen, ihn wegzuschicken, ich habe kein Bedürfnis, denke ich, inventar un mundo, ich habe keinen Wunsch nach einer Äußerung.

Er sieht mich an, wir sind wirklich in Schwierigkeiten, sagt er dann, so richtig in Schwierigkeiten, ich hoffe, dein Bett ist groß genug, ich werde bleiben.

Ich habe nicht das Bedürfnis, Fragen zu stellen, ich bin nicht neugierig darauf, seine Geschichten zu hören, seine taktisch eingesetzten Geschichten zu hören, über sich, über andere, über Situationen und Sachverhalte, ich erinnere mich an seine Art, an seinen Geruch, an seine Hände, ich erinnere mich an eine Zeit, die mir nichts mehr zu bedeuten scheint, ich erinnere mich an Stimmlagen und Übereinkünfte, die nun kein gefühlter Pakt mehr sind.

Und es funktioniert, man kann umkehren, ohne Bedauern, ohne Bedürfnis, ohne jeden Wunsch, es funktioniert, man kann gehen, man kann sich abwenden, ganz und gar.

Ich habe es mir gut eingerichtet hier, sage ich, keine großen Runden, keine Freundschaften, nichts Besonderes. Es ist gut, die Sprache nicht zu verstehen, es ist gut, keine Nachrichten zu sehen, keine Zeitungen zu lesen, einfach nicht viel zu sprechen, nicht viel zu hören, sage ich.

Bist du es gewesen, das würde ich ihn gerne fragen, hast du ein solches Messer, ich habe dich gesehen, auch mit Messern, ich kenne deine Geschicklichkeit, würde ich ihm gerne sagen.
Ist es ausreichend, dass ich mich nicht wundern würde, wäre er es gewesen, habe ich ihn damit nicht bereits schuldig gesprochen, la iniquidad, ich sehe ihn an, wie er neben mir steht, ohne jede Wirkung auf mich steht er da, hab mich gefragt, wie es sein würde, dich wieder-

zusehen, ich habe auf dich gewartet, sehr lange bin ich hier gewesen und habe darauf gewartet, dass du zu mir kommst, sage ich.

Er sieht mich an, er lacht, wir haben wirklich großen Ärger, es gibt jene, die ihr Geld zurückwollen, es gibt jene, die verurteilen wollen, es gibt einen Bruder, der seinen Bruder rächen will, es gibt ein Städtchen, dessen Polizei uns zur Wiederherstellung ihres Rufes richten will, wir haben Ärger von allen Seiten.

Du hast Ärger von allen Seiten, das würde ich ihm gerne sagen, ich sage es nicht, ich sage ihm nicht, dass ich dieses Wir nicht wiedererkenne, dass es dieses Wir nicht mehr gibt. In dieses Leben hier habe ich dieses Wir nicht übertragen.

Wie kommst du darauf, dass du in meinem Bett schlafen wirst, sage ich, wie kommst du darauf, dass ich nicht in deinem Bett schlafen werde, antwortet er.

Die Gerüche der Stadt sind unerträglich. Die Gerüche der Menschen sind unerträglich. Es ist heiß, schon jetzt, früh am Morgen. Er schläft, ich stehe im Erdgeschoss am Fenster, Mütter bringen ihre Kinder zum Spielplatz, die kleinen werden am lang gestreckten Arm gezogen, die größeren laufen vorweg, jetzt kann man sich draußen noch bewegen, jetzt können die Kinder auf den Plätzen noch spielen, bald wird es zu heiß sein, bald werden die

Mütter mit den Kindern in den Häusern verschwinden, die Kinder werden dort ebenso laut kreischen, streiten, sich balgen, sich jagen, das Spielen wird unterbrochen werden durch das Schimpfen der Mütter, der Krach wird in Streit, wird in Weinen übergehen, dann irgendwann ist es auch in den Wohnungen zu heiß, und die Kinder werden schlafen, es wird still sein, in der ganzen Stadt wird es still sein, heiß und still, und niemand wird sich mehr rühren, silencio sepulcral, niemand wird sich mehr bewegen, niemand wird auch nur ein Wort sprechen, und schon jetzt ist es heiß.

Ein Herr raucht im Gehen seine Zigarette, er trägt Akten mit sich, er trägt einen Anzug, eilig geht er vorüber, der Nachbar kreuzt seinen Weg, der Nachbar bleibt vor dem vergitterten Fenster stehen, was machst du hier im Erdgeschoss, fragt er, ich sehe ihn durch das Gitter an, ich weiß nicht, sage ich, und ich sehe sein Gesicht, ich sehe das Gitter, die Welt durch das Gitter gesehen, so sind die Seiten verteilt.

Ein seltsamer Blick nach draußen ist das, der Nachbar kommt näher an das Fenster heran, el acta, auch ich gehe auf ihn zu, zwischen den Gitterstäben ist ein Mundbreit Platz für uns.

Ich hätte nicht gedacht, sage ich, der Nachbar lacht, du sprichst nun wieder in deiner Sprache, lacht er, ich habe dich zu lang allein gelassen.

Ich sehe ihn an, wie er dort steht, er trägt ein weißes Hemd, ich hätte nicht gedacht, dass ich mich über jemanden freuen könnte, denke ich, das Dienstagshemd, sagt er, komm ein wenig raus, sagt der Nachbar, heut ist Mittwoch, sage ich, der Nachbar nickt, bin hinterher, komm jetzt.

Dieses Gastsein im eigenen Leben, sage ich durch das Gitter, der Nachbar versteht mich nicht, ich höre Mercedes nach den Hunden rufen, und welche wohl sind die Sätze, die uns bleiben werden, hier, ihm bleiben werden und mir, sage ich, und ich höre die Hunde auf der Treppe, ich gehe aus dem Haus, der Nachbar lächelt, wir stehen nebeneinander.

Es ist bereits um diese Uhrzeit heiß, ich werde mich nicht an diese Hitze gewöhnen können, es wird keine Möglichkeit geben, insoportable, meinen Körper dazu zu überreden, diese Hitze als einen normalen Umstand anzuerkennen.

Die Hunde zerren an ihren Leinen, Mercedes schließt die Tür, sie hat uns nicht gesehen, sie geht in Richtung Park, die Hunde ihr voran, die Hunde hecheln, jetzt schon hecheln sie, wie soll das werden, sage ich, der Nachbar nimmt meine Hand, wie soll das werden, wenn die Sonne noch mehr Zeit hatte, der Nachbar bleibt stehen, du hättest bleiben sollen, du hättest auch weiterhin mit mir den Hof teilen sollen, es gab nichts einzuwenden gegen den gemeinsamen Innenhof, es gab nichts dagegen einzuwenden, Tür an Tür zu leben, hättest bleiben sollen, sagt der Nachbar.

Wir gehen langsam zu seiner Wohnung, el muro, langsam betreten wir den Innenhof, la oscuridad, hier ist es kühl, wir betreten seine Wohnung, hättest bleiben sollen, sagt er leise.

Es ist dunkel, den ganzen Tag habe ich geschlafen, nur hin und wieder wurde ich geweckt, von einer Hand, von einem Kuss, von der Bewegung eines Körpers nah an meinem Körper.

Der Nachbar sitzt neben mir, fast den ganzen Tag haben wir geschlafen, lacht er, in den Gassen, entablar amistad, gehen die Menschen nun spazieren, sie gehen auf und ab, und sie warten darauf, dass es noch kühler wird. Die Gassen füllen sich mit ihren Rufen und ihrem Lachen, sie stehen vor den Restaurants mit ihren Gläsern, hin und wieder hört man entfernt die Sirene eines Krankenwagens.
Ich weiß, wie es dort draußen ist, es riecht nach Parfum und Rasierwasser, und es riecht nach Essen, viele sind betrunken, viele sind in der Laune zu sprechen, miteinander zu lachen, Männer klopfen Männern auf die Schultern, Frauen suchen das Feuerzeug in ihrer Handtasche, manche tun sich zusammen, manche gehen bereits seit Jahren jeden Abend untergehakt, andere sind kurz davor, sich zum ersten Mal zu umarmen.

Wenn einer andernorts verschollen ist, wenn einer weg ist, andernorts, wenn einer nicht mehr vorhanden ist, dort, dann müsste es doch möglich sein, ihn auch hier einfach verschwinden zu lassen, hier, wo er noch nicht angekommen ist, sage ich, der Nachbar versteht mich nicht, hättest bleiben sollen, sagt er, und er kommt näher heran. Ich lache über diese Bewegung auf mich zu, müsste doch möglich sein, dass ein Untergetauchter auch hier nicht mehr da ist, wer würde das bemerken, wem würde sein Fehlen hier auffallen, lache ich, näher kann der Nachbar nicht kommen, ich trage sein Hemd.

Ich weiß nicht, ob ich mir sein Verschwinden erzählen könnte in neutralem Ton. Ob es sich wohl damit leben ließe, hier, ob ich in dieser Sprache der Vermeidung ausharren könnte, ein Leben lang. Ob ich mir wohl glauben könnte, was ich mir darüber erzählen müsste, dass es gut so ist, dass dies die einzige Lösung war, aus allem herauszufinden, was mich quält, dass er selbst es war, trasponer, der alles verschuldet hat, dass es die einzig denkbare Konsequenz war, ihn verschwinden zu lassen.

Was das wohl meint, jemanden verschwinden zu lassen. Das sind seltsame Worte, ungehörige Worte in einer Sprache zwischen Mensch und Mensch, ausgesprochen, funktionieren sie nicht, gedacht jedoch, klingen sie wie eine Möglichkeit.

Ich weiß nicht, ob mir das gelingen wird, sage ich dem Nachbarn, dem ich alles sagen kann, denn er versteht mich nicht, und er ist mir ohnehin bereits zu nah gekommen, um mich verurteilen zu können für das, was er von alledem dann doch versteht.

Nein, sage ich, der Nachbar zieht erschrocken seine Hände zurück, nein, sage ich nochmals, das geht nicht, ich kann das nicht, rufe ich, und der Nachbar hält die Hände hoch, nein, sage ich, und ich nehme die Hände des Nachbarn, ich lege sie auf meinen Körper, wo sie eben noch lagen, la caricia, vielleicht musst du mir helfen, sage ich leise.

Der Nachbar rückt näher an mich heran, näher kannst du nicht bei mir sein, lache ich, hasta los tuétanos, doch er kann.

Weshalb hast du keine Kinder, fragt der Nachbar, und ich erinnere mich an diese Frage, ich erinnere mich nicht mehr an die Antwort, fondo perdido, ich weiß nicht mehr, sage ich.

Wir gehen nach draußen, es ist nicht viel kühler geworden, der Nachbar trägt das weiße Hemd, in dem ich eben noch in seinem Bett saß, wir gehen durch dunkle Gassen, ich vermeide es, zu nah am Haus von Mercedes zu sein, ich meide die großen Promenaden, wir gehen über die Brücke, an der Markthalle vorüber, wir gehen lange, dann setzen wir uns an einen Tisch.

Ein Kind sieht meine Hand an, es folgt meinen Bewegungen mit den Augen, es lacht unvermittelt, es sieht die Kerze auf unserem Tisch an, erstaunt beobachtet es die Flamme. Es lacht, sein Blick erstarrt, das Kind schläft ein. Ich sehe das Kind an, aprender, der Nachbar lächelt darüber, ich weiß nicht mehr, sage ich, wir trinken Wein.

Wenn du meine Hilfe brauchst, du weißt, ich bin dein treuer Nachbar, auch wenn ich keiner mehr bin, mach dir also keine Sorgen um nichts, alles ist zu schaffen, Seite an Seite, sagt der Nachbar, ich sehe das Kind an, die Mutter, den Vater, es ist immer noch heiß, du weißt nicht, was du da sagst, denke ich, ich habe einen unwillkommenen Gast, sage ich dann.

Er sitzt auf deinem Bett, sagt Mercedes, dort zählt er immer wieder das Geld, er schüttet die Scheine aus der Tüte auf das Bett, dann bildet er Haufen, dann legt er die Scheine zurück in die Tüte, und er beginnt von Neuem. Er wartet darauf, dass du wiederkommst, er ist grimmig, er hat getrunken, sagt Mercedes.

Ich kann sie kaum verstehen, sie spricht leise in das Telefon, er wird dir nichts tun, sage ich, Mercedes lacht, dir wird er etwas tun, sagt sie, und er wird außerdem alles Geld zurückhaben wollen, ich habe noch nicht viel aus der zweiten Tüte genommen, wir können ihm alles geben, wenn du das willst. Mercedes spricht leise, el juego, sie spricht im Tonfall der Komplizin, ich höre seine Stimme laut im Hintergrund, Mercedes legt auf.

Der Nachbar steht vom Tisch auf, er geht in das Restaurant, das Kind am Nebentisch schläft, es zuckt hin und wieder, ein Erschrecken des gesamten kleinen Körpers im Schlaf, das Kind wird in beliebiger Reihenfolge wiederholen, was am Tag geschah, was es am Tag gesehen hat, aus der von der Mutter vorgegebenen Entfernung eines Menschen, der sich noch nicht selbst entfernen oder nähern kann. Ein Hund bleibt vor mir stehen, afán mercantilista, er wedelt wie zur Begrüßung, der Nachbar bringt Wein, die Stadt ist schön um diese Uhrzeit, lauwarm ist es immer noch, das macht die Stadt zum Körper.

Der Nachbar spricht schnell, er spricht laut, dann wieder etwas leiser und langsamer, ich verstehe nicht, was er sagt, ich sehe ihn an, und er ist ein Fremder mit fremder Melodie, wie mir alle Menschen mehr und mehr fremd werden, wie mir alle ihre Melodien fremder und fremder werden. Ich bemühe mich nicht mehr darum, verbindende Themen zu finden, mir gehen die selbstverständlichen Themen aus, die wir immer wieder wie eine gemeinsame Futterstelle aufsuchen, um alles gemeinsam und friedlich durchzukauen, leicht verdaulich, sättigend, nicht zu scharf, sage ich, der Nachbar gibt mir die Speisekarte, er lässt sich heute Abend nicht unterbrechen, denke ich, es ist ein Gedicht, ein sehr schönes Gedicht, das er dir da aufsagt, Mercedes setzt sich zu uns an den Tisch.

Mercedes sieht wach aus, ihre Wangen sind gerötet, ihr Haar ist unfrisiert, sie atmet schnell. Der Hund wedelt und setzt sich neben sie. Mercedes tritt den Hund, der Hund springt zur Seite, er geht an einen anderen Tisch, wo er wedelt, guiado por el objetivo final, wie zur Begrüßung.

Er kam von hinten an mich heran, er war betrunken, er kam ganz nah an mich heran, sagt Mercedes, der Nachbar ist mit seinem Gedicht längst fertig, er lehnt sich im Stuhl zurück, er beobachtet die Passanten.

Er sagte, er habe lang schon keine Frau mehr gehabt, er hielt dann meine Arme an den Handgelenken fest, er machte mir Lust, sagt Mercedes, sie trinkt aus dem Glas des Nachbarn, er machte mir große Lust, sagt sie. Je mehr ich versuchte, mich aus seinem Griff zu befreien, desto klarer wurde, dass es mir nicht gelingen würde, das machte mir Lust, sagt Mercedes, der Nachbar versteht sie nicht, sprich auch zu mir, sagt er.

Es funktioniert, von einem Tisch zum nächsten zu gehen, den Tisch, die Tischgenossen zu wechseln, ganz nach Belieben, denke ich, der Hund wedelt, er bekommt Brotstücke zugeworfen, er wedelt, er frisst das Brot nicht, er wartet wedelnd, ob noch etwas Essbareres für ihn folgt, hin und wieder sieht er zu Boden, virtuoso, auch dann wedelt er, als könnte er seine Freundlichkeit nicht mehr abstellen, in Anbetracht der Möglichkeiten zeigt er niemals die Zähne, denke ich, was weiß er denn auch, womit der Tisch gedeckt ist, wenn er nicht über den Tischrand sehen kann.

Mercedes trinkt aus dem Glas des Nachbarn, sie rückt näher zu mir, er ließ mich los, sagt sie, er fragte nach dir, er setzte sich auf mein Bett, er sagte deinen Namen. Das ist die Waffe, deren Kugel mir eines Tages vielleicht durch den Kopf rast, wie ein plötzlicher Einfall, sagte er leise, ich bekam Furcht, weil er so leise sprach, eine Pistole lag auf seinen Knien.

Der Nachbar steht auf, bailador, er setzt sich an einen anderen Tisch, nichts zu hören ist besser, als nichts zu verstehen, sagt er.

Mercedes beugt sich zu mir hin, ich bin in die Küche gelaufen, erzählt sie weiter, wie ein kleines Kind wusste ich nicht, was zu tun war, er hatte mich auf eine Weise angesehen, während er deinen Namen sagte, die nichts Gutes heißen konnte. Ich hörte einen Schuss, die Hunde sprangen aufgeregt um mich herum, ich öffnete eine Dose Hundefutter, ich verteilte das Futter langsam auf die Näpfe, als könnte alles zum Normalfall werden, nur weil man etwas Normales tut.
Im Zimmer nebenan rührte sich nichts, ich rührte mich nicht, sagt Mercedes.

Ich erinnere mich daran, wie ich auf ihn wartete, wie ich die Tage zählte, entonces, wie ich täglich zur selben Zeit zum selben Platz ging, ohne dort etwas zu tun zu haben, eine nutzlose, jedoch feste Verabredung mit mir selbst, eine zu erledigende Pflicht war dieser Gang hin zum Platz, die meine Tage in ihrem Ablauf bestimmte, sich gleichende, langsam vergehende Tage waren das.

Es ist einfacher, sich nach Pflichten zu richten, als das Leben nach eigenem Wunsch und Willen zu gestalten. Es ist einfacher, bestraft zu werden, als im Hakenschlag davonzukommen, es ist einfacher, auszuharren, als in einem Nichtvorhandensein Unterschlupf zu suchen, fern von allem, was bislang Leben war.

Teuer erkauft ist diese Zeit hier, la conciencia, in der ich Begrifflichkeiten umbenenne, damit ihre Bedeutungen keinen Zugriff mehr auf mich haben.

Ich ging langsam in mein Schlafzimmer zurück, sagt Mercedes. Ich sah ihn dort sitzen, er blutete, er hielt sich mit der einen Hand das Knie, mit der anderen Hand richtete er die Waffe auf mich.

Es wird niemals eine Beruhigung aller Fragen geben, denke ich, Mercedes sieht mich an, niemals wird man aufhören, sich immer wieder dieselben Fragen zu stellen, el confín, niemals wird man ein tatsächlich anderes Leben vorfinden, nur weil man den Ort wechselte. Mercedes hebt den Blick, sie ruft etwas, und ich spüre einen Schmerz in der linken Schulter, einen Schmerz im Magen, einen Schmerz zwischen den Brüsten, ich höre die Schüsse, ich höre einen weiteren Schuss, einen ohne Schmerz, ich höre Rufe, er sieht mich an, dann drückt er erneut ab, er sinkt zu Boden.

Las cuerdas, Familienwimpel im Wind, Menschenleben rundum, bunt bestückte Endlosschleifen, und ich denke an die Menschen, die ich zurückließ hinter der Schnittkante.
Ich suche nach Sätzen hinter der Schnittkante.

Jede Menge Füllwörter habe ich im Kopf, auf dass nur nichts ins Schweigen gerät. Das Wann kauert im Verborgenen, das Wann ist uns der Teufel, und so warten wir, egal was wir tun. Sei gewiss, das hatte er gesagt, und er hatte mich angesehen, doch welches sind die Worte, die uns bleiben werden? Es ist nicht daran zu denken, jetzt jemand zu sein, an einem Ort mit anderen Menschen jetzt jemand zu sein. So, wie ich hier liege, ist kein Zustand zu benennen, weder Müdigkeit noch Nervosität, keine Frage, kein Sehnen, kein Zweifel ist zu finden, ich bin nicht vorhanden, weder hier noch dort, weshalb sollte es wichtig sein, dass jemand an jemanden denkt, was heißt das schon, was sind schon Gedanken, was dächte wer? Es ist ein kleines Haus, es sind kleine Zimmer, Körbchen, Futter, Wasser, es liegen Bälle herum, Orangen auf den Straßen zerplatzen, la miniatura, noch bin ich hier nicht angekommen. Seine Hände sehen geschickt aus, degollar, wenngleich auch sie Abdrücke hinterlassen, in all ihrer Geschicklichkeit, el adeudo, diese Gestalten in ihren Kutten, die spitzen Hüte ragen zuhauf in den Himmel, schamvoller Hakenschlag, immer wieder. Und ich vertraue darauf, apostar todo a una carta, dass alles einfach weitergeht, und so hat jeder hier seine Verse, el metro, jeder bildet seine Verse hier aus den eigenen kleinen Belangen. Ich muss schon von Weitem wissen, wer mir gewogen ist, und da man dies nie wissen kann, nicht einmal aus der Nähe, ziehe ich es vor, niemandem mehr zu begegnen, und die Pferde schnauben, und sie treten auf der Stelle, sie werfen den Kopf in den Nacken, welch kleine Welt, von oben erkenne ich die alltägliche Choreografie der Menschen und Dinge, auch den Plan der Linien und Flecken, der Zeichen und Wunden, von oben sehe ich das ganze Puzzle aus Bewegungen und Begegnungen. Wer vier Schlösser an die Tür schraubt, der will nicht weg, ein Wort nur hinzugefügt, entscheidet über den Zustand, inevitable, eigentlich zu früh, einfach nicht verrückt werden, la hija, das ist der Trick, keinen Namen haben, cortar el cuello, inventar una vida, inventar el momento, me pinto, me borro.

Entfernt höre ich die Sirene des Krankenwagens, sie fahren mit mir auf den Hof des Krankenhauses, ein prachtvoller Hof, ich kenne ihn, ein prachtvoller Hof.

Sie fragen, ob ich ihn kannte, sie fragen, ob ich weiß, weshalb er auf mich geschossen, weshalb er sich selbst dann in den Kopf geschossen hat. Ich bin müde, ich bin die Deutsche, die nicht versteht, die müde Deutsche mit einem Schlauch in der Vene.

Ein Polizist steht an meinem Bett, er fragt nach meinem Namen, nach meiner Adresse, er zeigt mir ein Foto, ich bin die müde Deutsche, die nicht erkennt, die nicht versteht, die nicht sprechen kann. Der Polizist fragt nach dem Namen des Unbekannten, wieder und wieder, er wisse nicht, welcher Behörde dieser Fall zu übergeben sei, man könne die Leiche nicht identifizieren, ein gänzlich Unbekannter, sagt der Polizist.

Ich bin die müde Deutsche, sage ich, der Polizist versteht mich nicht. Er trug keinen Ausweis bei sich, sagt der Polizist, er trug ein englisches Jackett, vielleicht ist er Engländer, sagt Ihnen das etwas, haben Sie etwas mit England zu tun, fragt der Polizist, und immer wieder will er den Namen des Unbekannten von mir wissen.

Ich schließe die Augen, ich weiß nicht, was ich sagen soll, sage ich, auch ich trug eine Uniform, das ist lange her, ich kenne das Wort für Kehle auch in Ihrer Sprache, durchtrennte Kehle, es hätte mich fast das Leben gekostet, eine Uniform getragen zu haben, ihn hat es das Leben gekostet, ich habe mich an das Wort müssen gewöhnen müssen, auswandern müssen, untertauchen müssen, das ist kein Abenteuer, es ist der schamvolle Hakenschlag, sage ich.

Der Polizist sieht mich an, morgen komme ich mit einem Kollegen wieder, einem Deutsch sprechenden Kollegen, sagt der Polizist sehr langsam, und ich bin die Deutsche, die nicht versteht, die nichts weiß, die müde Deutsche, sage ich, der Polizist geht.

Ich werde das Land wechseln müssen, ich werde mir einen anderen Ort suchen müssen, an dem ich bleibe, als eine, die keine Erinnerungen hat, als eine, die überschreibt, was es zu überschreiben gilt. Ich werde mir eine andere Sprache der Vermeidung suchen müssen, ich werde mich erneut an das Wort müssen gewöhnen müssen.

Es ist still, entfernt sind nur mehr hin und wieder die Sirenen eines Krankenwagens zu hören.
Ich nehme mir vor, an ihn zu denken, ich setze ihn zusammen. Das Haar war kurz, es war grau geworden, ich nehme mir vor, an seine Augen zu denken, sie waren blau, keine besonderen Merkmale, denke ich, und ich nehme mir vor, an seine Hände zu denken.
Er hatte große Hände mit langen Fingern, seine Hände sahen geschickt aus. Die Vergangenheitsform fällt mir

nicht schwer. Nichts fällt mir schwer. Nichts ist geschehen, denke ich. Wir sind uns niemals begegnet, wir haben niemals ein Wort miteinander gesprochen, nichts ist geschehen, denke ich, außer dass mir jemand drei Kugeln in meinen Körper schoss, jemand, der vielleicht ein Engländer gewesen ist, und die Vergangenheitsform fällt mir nicht schwer.

So kann ich es mir erzählen, jemand schoss auf mich, jemand, der nun vermutlich hier in diesem Krankenhaus aufgebahrt liegt, ohne Ausweis, ohne Namen also, ohne zuordenbare Vergangenheit also, ohne zuständige Behörde.

Ich liege wach. Ich warte darauf, dass sich Zweifel ergeben, ich warte darauf, dass sich etwas in mir meldet, eine Stimme des Gewissens, ein Zögern, eine Trauer.

Ich liege wach. Könnte ich doch glauben, denke ich, gäbe es doch etwas, das selbstverständlich über allem steht, das ich fraglos über alles stelle, ein grundlegendes, ein im Grunde alles festlegendes inneres Regelwerk, so ließe sich ein Gewissen, so ließe sich eine Buße finden.

Ich liege wach. Es fühlt sich nicht so an, als hätte ich mit dem Hierliegen etwas zu tun. Alles ist Auslegungssache, ich verteile keine Bedeutung mehr, also ist nichts mehr bedeutend. Alles ist Auslegungssache. Ich erzähle

mir einen Engländer, ich überhöre die muttersprachlichen Einwände, durchtrennte Kehle, Kugel im Kopf,
Tüten voll Geld, leblose Zeit, ich überhöre diese muttersprachlichen Zurufe, und es fühlt sich nicht so an, als
hätte ich mit dem Hierliegen etwas zu tun.

Me borro.

Ich kenne den Unbekannten nicht, sage ich. Der Polizist nickt, er notiert etwas, er spricht mit dem Kollegen. Ich bin müde, sage ich, der Polizist nickt, wir können nichts tun, sagt er, nichts lässt sich ermitteln, Sie müssen es als einen bösen Zufall, als ein Pech hinnehmen, sagt der Polizist, gute Besserung, sagt er.

Mercedes bringt mir die Zeitung, sie wissen nicht, woher er kam, weshalb er hier war, er sei betrunken gewesen, er habe eine deutsche Touristin schwer verletzt, bevor er sich dann die letzte noch verbliebene Kugel in den Kopf schoss. Eine tschechische Kugel, eine tschechische Waffe, ein englisches Jackett, graues Haar, nicht zuzuordnen, sagt Mercedes.

Weshalb er es wohl tat, sage ich, und es fühlt sich nicht so an, als hätte ich mit dem Gesagten etwas zu tun.
Es ist nicht wichtig, denke ich, dafür habe ich mich längst entschieden, dass es nicht wichtig ist, dass nichts wichtig ist, denke ich, und das Wiederholen unserer Verse schafft Tatsachen, me pinto, es ist nicht wichtig, sage ich, Mercedes nickt.

Man geht am besten, ohne viel darüber zu sagen. Ich werde heimlich meine Koffer packen, der Nachbar wird weiterhin weiße Hemden tragen, Mercedes wird weiterhin mit den Hunden in den Park gehen, alles wird weiterhin so sein, wie es jetzt ist, nichts hält das Alltägliche auf, kein Fortgang, kein Tod, kein Unglück. Alles geht weiter hinter der Schnittkante, auch ohne mich.

Und es funktioniert, man kann immer gehen, in jedem nächsten Moment kann man jede Tür hinter sich schließen, man kann immer wieder alles zurücklassen, denn alles ist beliebig zusammensetzbar, jeder von uns ist das, was er vorgibt zu sein, einem plötzlichen Einfall, einem Zufall, einem Irrlicht folgend.